CW00665323

UN ÚLTIMO DESEO

HENRY ROI

Traducido por
JOSE MANZOL

—¡Escúchame, muchacho! No puedes golpear más que este tipo; tienes que ser más inteligente que él.

    -Fred Williams

UN ENCUENTRO INCÓMODO

Hacía tiempo que alguien no me ponía una pistola en la cara. Mi línea de trabajo me hizo ver el extremo equivocado de una pistola un total de seis veces. Cuando tenía dieciocho años casi maté a un tipo. Tomé su arma y golpeé su drogadicta cabeza con ella hasta noquearlo. Los crímenes relacionados con las drogas en la costa de Mississippi no han cambiado mucho en los nueve años transcurridos desde entonces.

Este adicto a la metanfetamina que tengo delante no es diferente del último idiota, un adicto muerto de miedo que busca desesperadamente una dosis en este tranquilo lugar de oportunidades, con la esperanza de apuñalearme por un buen fajo de billetes para luego inyectárselo en su escuálido brazo.

Suspiré con una especie de alivio, tratando infructuosamente de reprimir una sonrisa ansiosa. Levanté las manos. He estado esperando, soñando, que ocurriera algo así. La vida ha sido aburrida desde que me retiré del crimen. Y las actividades legales que he llevado a cabo en los últimos años son tan emocionantes como ver como se seca la pintura. Este era el tipo de peligro que me hacía sentir vivo.

¿Qué pasó con ese tipo?

Perdió el valor, me abofeteó mi subconsciente. Esa conciencia persistente ha sido demasiado vocal para mi gusto últimamente.

—¡Dame tu dinero! —me gritó el hombre, agitando la pistola, a medio metro de mi cara. Su rostro arrugado era pálido, sudoroso y desaliñado. El pelo, largo y grasiento, brillaba groseramente bajo las luces del aparcamiento. Su voz resonaba en las paredes de hormigón, el techo y los coches que llenaban casi todos los huecos. ¿Quieres que te dispare? Dame tu puto dinero.

Fui bendecido con unas manos sorprendentemente rápidas. Unas armas letales que eran mucho más rápidas que el ojo, y que me permitieron vivir en el mundo del crimen durante más de una década sin llevar una pistola. Para mí, la pistola en la cara no era más que un manopla para que mi gancho de izquierda golpeara como una víbora, un movimiento que he perfeccionado en numerosos gimnasios y docenas de torneos de boxeo. Tenía absoluta confianza en que podría golpear y aturdir su mano antes de que pudiera apretar el gatillo.

Mis manos y hombros levantados se relajaron un milisegundo antes de que mi mano izquierda se lanzara hacia el arma, apretando el puño, golpeando sus dedos dolorosamente contra el acero, haciendo caer el arma a mi derecha, fuera de su mano. Le siguió mi otro puño, un derechazo que se clavó en su frágil barbilla, un combo de dos partes lo desarmó en menos de un segundo. Debía de ser un adicto con abstinencia, con déficit de calcio, porque su mandíbula pareció astillarse en una docena de fracturas, un crujido que sentí y oí antes de reajustar mi postura, lanzándome por la pistola que se estrelló contra el hormigón.

Gritó, cayó con fuerza sobre su trasero, las manos fueron a

su barbilla, a sus mejillas. Chilló fuertemente, un grito que no pudo ser expresado adecuadamente debido a la incapacidad de abrir la boca.

Recogí el arma y me acerqué a él.

—Nunca te pongas tan cerca de tu objetivo —dije, inclinando el arma hacia arriba. Abrí el cilindro. Seis balas calibre 32 cayeron en mi palma. Me las guardé en el bolsillo, limpie mis huellas del arma y la arrojé en su regazo. Imbécil. Te mereces algo peor por ser tan estúpido.

Él gimió en respuesta.

Giré sobre una punta del pie y me marché hacia la rampa que conducía al siguiente nivel superior, sintiendo una satisfacción tan inmensa que se me hinchaba el pecho, los brazos y mi "amigo".

El mero hecho de sentarme en la Hayabusa me convertía en un rey. La Suzuki era un modelo del 99, pero había sido reconstruida y personalizada tantas veces que he perdido la cuenta. Puse la llave en el contacto entre el manillar y la giré. El faro y la luz trasera brillaron con fuerza. Pulsé el botón de arranque en la empuñadura derecha. El motor de 200 CV de competición cobró vida, el potente escape hizo vibrar todo mi cuerpo. Mis vaqueros, mi camiseta blanca y mi chaqueta de cuero gris zumbaron. El vello de mis brazos se erizó con emoción. El casco integral hacía juego con la pintura de la moto, blanca y gris acero. Me lo pasé por la cabeza y cerré el protector facial, asegurando la correa de la barbilla. El olor a combustible crudo en el aire de las cámaras de combustión que se estaban calentando me animó el pecho mientras daba marcha atrás a la bestial máquina y la ponía en marcha. Unos gruñidos ensordecedores reverberaron por todo el garaje mientras corría por los niveles y entraba en la autopista 90, dejando Pass Christian, en dirección a la interestatal.

Tenía que darme prisa si quería llegar a tiempo para encontrarme con mi chica en la casa de nuestro antiguo entrenador. Me la imaginaba esperando en el patio, con los brazos cruzados y dando golpecitos con los pies. Sonreí ampliamente. Le encantaba tener una excusa para fastidiarme. O para abofetearme. Dejé de pisar el acelerador y decidí disfrutar del paseo, con el casco metido detrás del parabrisas, relajado en la parte superior del depósito de combustible, dirigiéndome al este sin prisa.

La salida 50 lleva a la avenida Washington y al centro de Ocean Springs. Fui hacia el sur en dirección a la playa y giré en la entrada de Eddy unos minutos después. La casa de mi entrenador era prácticamente una mansión. La fachada de estilo colonial, blanca y azul, tenía varias columnas y un balcón engalanado en el segundo piso. Mientras subía por el largo y empinado camino, me di cuenta de que los parterres estaban vacíos y los arbustos no estaban tan recortados como parecían desde la calle.

Supongo que es difícil hacer jardinería cuando estás muerto, me dijo mi subconsciente. Idiota.

Gruñí para alejar el sentimiento sensiblero que amenazaba con debilitarme. Los pensamientos sobre el asesinato de Eddy son lo único que ha estado cerca de hacerme derramar lágrimas desde que era adolescente. Cuando tenía catorce años, mi madre fue asesinada durante una redada policial en un club de moteros. No he llorado desde entonces. Tengo que agradecer a Rob por eso. Era un viejo mecánico de Harley fuera de la ley con el que salía a veces. Recuerdo que me agarró llorando, me echó una mirada fija y declaró que mi voluntad se había fortalecido con la muerte de Roxanne, una nueva espada sacada de una fragua, que emergía más madura, templada e irrompible. Me encantaba cómo sonaba eso, así que se me quedó grabado.

De niño, la única figura paterna que tuve fue Eddy. Él me

abrió el mundo del boxeo. Perdimos el contacto cuando conocí a Pete y decidí hacer del crimen mi carrera en lugar del boxeo profesional. Hacía años que no veía a Eddy y ya no me sentía tan cerca de él como antes. Sin embargo, algo pasaba en esa prisión neuronal de máxima seguridad en la que mantengo encerradas mis emociones más débiles.

Mmm. Sencillamente, esto no me interesa. Los sentimientos son para los débiles, las ovejas, los inválidos.

La casa estaba iluminada, los faros brillaban alrededor del patio. Miré mi Tag Heuer, 9:36 p.m. Sí, Blondie estaba echando humo. Llevo más de media hora de retraso. Bien. Una sana discusión, y luego ardiente sexo de reconciliación.

Lo sentiré muchísimo.

—Sí, lo haré —murmuré con anticipación, aparcando junto al camión de Blondie, un Ford del 52. Apague el motor, extendí el caballete y me quité el casco. Con el casco quitado, pude oír una conmoción que parecía provenir del patio trasero. Acalle mi respiración, escuchando los sonidos de una... pelea.

¡Es una pelea!

—¡Ah, al demonio! Corrí por la casa y me encontré con una escena de mis sueños. Blondie estaba en una feroz batalla con otra chica, sus largos cabellos volando alrededor de sus cabezas, rubia contra morena, brazos y piernas desgarrados flexionándose explosivamente mientras gruñían con formas femeninas, puños volando. Los focos jugaban sobre ellas como efectos especiales, rayos brillantes que contrastaban con la oscuridad que las rodeaba. Me quedé mirando, congelado y confuso. La escena se convirtió en una pesadilla cuando me di cuenta de que Blondie estaba luchando con alguien muy por encima de sus posibilidades.

Como antigua campeona mundial amateur, mi chica tiene ventaja sobre la mayoría de las chicas lo suficientemente valientes como para intercambiar golpes con ella. Sin embargo, esta chica era un animal, obviamente una luchadora profesional, fuerte y más rápida que Blondie. Me debatía entre interferir o no. Blondie no soporta que la salve, y prefiere utilizar sus propias habilidades, muy capaces, para ocuparse del asunto. Por suerte (o por desgracia), la pelea terminó abruptamente y me hizo decidir por mí.

La chica enfurecida sorprendió a Blondie con un derechazo que la tiró al suelo al instante. Blondie se golpeó y se derrumbó, con la lucha completamente fuera de control, y yo me estremecí. Se desplomó junto a un nerd en el suelo, que se agarraba el estómago por el dolor, fuera de los conos de luz en la oscuridad.

La chica giró en mi dirección, percibiendo una nueva amenaza, y mi macana se encogió ante la mirada que me dirigió. Una insana y febril sed de sangre había consumido por completo a esta chica. Respiraba como un perro rabioso, con gruñidos que hacían que sus ojos se abrieran como platos. Las fosas nasales se agitaban, las venas sobresalían de sus músculos como si estuviera tomando todos los suplementos de rendimiento conocidos por el hombre. Medía alrededor de uno treinta y cinco, un par de centímetros más baja que Blondie, aunque cinco kilos más pesada. Toda la musculatura definida y altamente entrenada la hacía parecer una medallista de oro olímpica, exhibida por su camiseta negra de tirantes, sus pantalones cortos para correr y la manga de compresión que le cubría todo el brazo izquierdo.

Se abalanzó sobre mí, recorriendo los seis metros que nos separaban más rápido que cualquier humano que haya visto jamás, con los puños en alto para provocar el drama. Sentí una incertidumbre antes de levantar mis propios puños y adoptar una postura de combate. Algo en esta chica me resultaba familiar, aunque no tuve tiempo de ponderar las posibilidades antes de que atacara.

¡Uno-dos-tres-cuatro! Su combo se dirigió a mi cabeza. Desvié los dos primeros puñetazos, con las palmas de las manos resonando por su potencia, me balancee hacia la izquierda y luego hacia atrás por los dos siguientes. Inmediatamente lancé una combinación de cuatro golpes en contra. Ella atrapó y se deslizó, reflejando mis movimientos.

Un momento...

Ella pivotó, amagó un jab, lanzando un fuerte golpe justo detrás de ella. Leí el movimiento, inclinándome hacia la derecha y hacia adelante, lanzando un golpe que se deslizó por su brazo y, ¡pop! se estrelló contra su mejilla. Antes de que pudiera seguir, un derechazo salió de la nada y se estrelló contra mi oreja, increíblemente fuerte, casi derrumbándome. Me tambalee y ella se abalanzó sobre mí, lanzando varios golpes antes de que pudiera salir de su alcance. Di vueltas alrededor de la enloquecida mujer con un nuevo respeto, con asombro.

Tienes que estar bromeando. ¿Dónde diablos aprendió eso? Ese era mi movimiento; tomar un jab para aterrizar una derecha cruzada. Era como si estuviera luchando, bueno, conmigo.

Ella arrastró los pies, plantó su pie trasero y se abalanzó sobre mí con combinaciones a la cabeza y al cuerpo, puntuándolas con uppercuts que silbaban a milímetros de mi barbilla. Era todo lo que podía hacer para mantenerla alejada de mí. Estaba tan asombrado por su velocidad, su potencia y su habilidad que no pude ponerme en modo de contraataque. Nunca había peleado con una mujer. He hecho de sparring con chicas en numerosas ocasiones, pero nunca pensé que lucharía por mi vida contra una chica que pudiera luchar con tanta saña. Ella estaba literalmente tratando de hacer agujeros en mí, su habilidad de boxeo iba a la par con los mejores a los que me he enfrentado en el ring.

Por fin conseguí asestarle un derechazo. Ella ni siquiera parpadeó, devolviendo el golpe con un derechazo. Me sacudí el golpe y retrocedí. Percibí movimiento a mi izquierda y miré para ver a un tipo negro enorme de pie sobre Blondie y el nerd, con una pistola en la mano. Le gritó a mi oponente:

—¡Jefe! Retrocede. Lo tengo. —Me apuntó con cuidado.

La chica no podía, o no quería, aceptar su ayuda. Estaba en completa sumisión a su instinto asesino. Su comportamiento decía que tenía que eliminarme. Estaba enfadada porque yo podía boxear.

Se metió dentro de la línea de tiro y empezamos un festival de golpes, lanzando tan fuerte y tan rápido como podíamos, golpeándonos mutuamente con duros golpes, la mayoría atrapados por nuestros brazos.

Escuché una breve refriega y noté periféricamente que Blondie se había recuperado y de alguna manera había logrado quitarle el arma al gigante. Ella le dijo: "No, te equivocas, grandísimo cabrón. Te tengo". Agitó la pistola y él se arrodilló.

Esquivé un ataque fulminante, empujé a mi oponente lejos de mí, y Blondie se acercó cojeando y le clavó la pistola en la cara a la chica-bestia. "Tírate al suelo junto a tus amigos, perra loca".

Antes de que pudiera advertir a Blondie, la chica levantó las manos y lanzó un gancho veloz a la mano de Blondie que sostenía el arma. El arma escupió fuego por encima de sus cabezas antes de salir volando a cuatro metros de distancia, estrellándose contra el suelo. Chica-bestia siguió con derechazo que habría roto toda la cara de Blondie si no se hubiera desviado al golpear, disminuyendo el impacto. Blondie se alejó desesperadamente y yo corrí y abordé a nuestra enemiga, rodando sobre ella, sin intención de hacerle más daño, una revelación desalentadora me golpeó.

Mientras luchaba por inmovilizar la

—¡Para! Espera un momento, loca hija de puta —gruñí.

Ella gruñó y se esforzó, casi tirándome. Era muy fuerte.

—¡Tenemos el mismo entrenador! —Grité para atravesar su rabia.

Teníamos el mismo entrenador. Fuiste entrenada por Eddy, ¿verdad?

Parpadeó con repentina confusión, la tensión abandonó momentáneamente su cuerpo. Justo en ese instante, el gigantesco tipo negro intentó arrancarme la cabeza mientras me lanzaba al suelo. El césped se agolpó desagradablemente en mi boca y mis ojos, el fuerte olor a tierra se me metió en la nariz. Me revolqué y rodé sobre mi espalda, pero el hombre era demasiado pesado para que pudiera moverme con mis estresados brazos. La lucha contra la chica-bestia había acabado con mi resistencia. Alcancé a ver a Blondie arrastrándose y me di cuenta de que se dirigía hacia el arma. El gigante emitió profundos gruñidos mientras intentaba inmovilizar mis manos. Me resistí con todo lo que me quedaba, pero me quedé sin gasolina.

La chica-bestia se puso de nuevo en pie, con aspecto inseguro, como si la verdadera ella hubiera vuelto y no supiera dónde estaba.

—¡Bobby! —dijo. Deja que se levante. Obedeció al instante y una profunda oscuridad se levantó cuando su masa se movió de encima de mí. Me tumbé de espaldas, jadeando. La cara de la chica-bestia apareció sobre la mía, roja y sudorosa. —Dile a tu chica que se retire —exigió.

Jadeé, asentí y levanté un dedo. Me di la vuelta y vi que Blondie había alcanzado la pistola y tenía una mirada que indicaba que planeaba asesinar primero y preguntar después.

Levantó el arma, con la cara distorsionada por un odio espantoso. Las lágrimas se mezclaban con la suciedad en las mejillas hinchadas, y apuntó con el arma a la chica-bestia.

Hice un gesto frenético.

—¡Contrólate, nena! Es un malentendido. Es una de las de Eddy.

Apretó el gatillo...

2

HISTORIAS DE GUERRA

El salón de Eddy era amplio. El techo abovedado medía seis metros en su parte más alta. Las vigas, toscamente labradas, se cruzaban en agradables patrones geométricos, todos de color marrón oscuro y blanco. Cuatro grandes claraboyas mostraban el hermoso cielo nocturno. Nos sentamos en sofás de los mismos colores en un semicírculo, alrededor de una enorme mesa baja y un sistema de entretenimiento en el centro de la habitación. Las escaleras que conducen a las habitaciones del nivel superior están detrás de nosotros, la cocina y el comedor a nuestra derecha. Las bolsas de hielo crujían en el silencio, tres de las cinco personas presentes cuidaban de la inflamación en varias partes del cuerpo. Yo era uno de ellos. La chica-bestia, Anastasia, como la presentaron, me había dado más de un golpe en el lado izquierdo de la cabeza. Me palpitaba intensamente.

"Eso es todo. De vuelta al gimnasio para practicar la defensa..." refunfuñé para mis adentros, dejándome caer en el sofá junto a Blondie. Se había quitado los zapatos y tenía las piernas acurrucadas, y también se estaba cuidando la cabeza hinchada con una bolsa de hielo. Miramos a los demás mientras nos explican el motivo de su visita.

—En primer lugar, tengo que decir que me alegro de que no sepas disparar ni una mierda —le dijo Anastasia a Blondie, que abrió los ojos con malicia. A continuación, Anastasia dirigió su atención hacia mí—. Conozco a Eddy desde hace años y nunca os ha mencionado a ninguno de los dos. Se cruzó de brazos con expresión obstinada, sentada en un sofá con su novio Julian, el nerd al que Blondie había saltado pensando que era un ladrón.

—Sí, bueno, Eddy estaba decepcionado de que no nos hiciéramos profesionales —respondió Blondie. No aprobaba precisamente nuestra trayectoria profesional. Se sacudió sus largos mechones dorados del hombro, encogiéndose de hombros como si no le supusiera ninguna pérdida. Pero yo sabía que no era así. Podía ver el dolor que le causaba que se lo recordaran.

—¿Qué carrera has elegido? —murmuró Bobby, el gran negro que parecía y se movía como un MVP de la Super Bowl. Estaba de pie frente al televisor de cara a todos, con los brazos gigantescos cruzados sobre una camiseta de tirantes rosa de culturista, con una mirada que hacía sospechar que ya conocía la respuesta a su pregunta.

—Crimen —dije, tratando de no mostrar a mis caninos. La mayoría de la gente se enoja cuando se entera de mi pasado. Predican. Anastasia y sus chicos tenían escrito "Bienhechores" por todas partes. Incluso sus nombres parecían respetuosos con la ley. Así que no esperaba su respuesta.

Julian sonrió un poco. Bobby frunció los labios y se encogió de hombros. Anastasia suspiró con fuerza. Sus hombros se hundieron, y tuve la sensación de que hacía tiempo que se había resignado a tratar con tipos criminales, o que tal vez ella misma había estado involucrada en algo ilegal.

—Antes, te habría mirado por encima del hombro. —Dijo. Dio otro gran suspiro. ¿Sigues en esa vida?

—Retirados —dijo Blondie bruscamente, a la defensiva, y no pudo evitar un sutil matiz de arrepentimiento en su precioso rostro.

—Un momento —dijo Julian. Se sentó con la espalda recta. Me sorprendió que fuera un par de centímetros más alto que mi metro ochenta. Razor y Blondie. ¿Los Razor y Blondie?

—¿Ah? —Anastasia miró a Julian con curiosidad.

—Estos tipos son leyendas en los reinos más oscuros de Internet —dijo mirándola. En realidad se sonrojó de vergüenza bajó su mirada antes de volver a mirar hacia nosotros. Se aclaró la garganta. "Criminales". Ustedes filmaron sus crímenes y persecuciones policiales y crearon un web show llamado "Criminales", ¿verdad?

Parecía un niño conociendo a los famosos, y no pude evitar sonreír. Hacía tiempo que no disfrutaba de la sensación de infamia.

—Culpable —dije. Blondie esbozó una bonita sonrisa de orgullo. Tuve que contener mi mano para no pellizcar su teta.

—Como sea —dijo Anastasia sin impresionarse. Intuí que iba a regañar a Julian más tarde por su entusiasmo por nuestro antiguo programa. Blondie la miró como un puñal. Bobby estaba sumido en sus pensamientos. Anastasia continuó. Nos estamos desviando del tema. ¿Por qué estás aquí?

El cuerpo de Blondie se tensó, desplegó las piernas y la agarré de la mano para calmarla antes de que provocara otra pelea con la chica-bestia. Hacía años que no se comportaba de forma tan airada. Debía de sentirse amenazada o competitiva con Anastasia por muchas razones, y la chica-bestia debía de sentir lo mismo por ella. Eran tan diferentes la una de la otra que era poco probable que se llevaran bien. "Ni que les paguen por ello," pensé.

Me tomé un momento antes de contestar, haciendo una mueca porque no estaba acostumbrado a compartir información personal sobre mí con desconocidos. No era un tipo de Facebook. Pero algo me decía que tenía que conectar con esa gente. De alguna manera, sabía que nos hubiéramos conocido y habríamos conectado fuertemente, si hubiera sido profesional y hubiera seguido el camino de la legalidad. Sentí que podría haber tenido fácilmente una vida como la de Anastasia, aunque no tuviera ni idea de lo que eso suponía, y ella podría haber tenido fácilmente una vida como la mía. Una simple elección de A en lugar de B podría haber alterado seriamente nuestros caminos. Tal vez porque sus habilidades de lucha eran tan parecidas a las mías que sentí esa conexión. No lo sé. Sentí que todos estábamos aquí por una razón, otro sentimiento que iba en contra de mi norma. No creía en el destino, la suerte o el karma. Las cosas suceden por una razón, pero el resultado es la suerte que has creado con una cuidadosa planificación y trabajo duro. O la falta de ella. El resto era casualidad.

"Esto tiene que ser un plan de Eddy". El pensamiento llegó sin proponérselo, mi subconsciente hablando para hacerme saber que está bien revelar mi mano, la explicación es racional.

—Estamos aquí por esto —dije sacando un documento doblado del bolsillo de mi chaqueta. A Anastasia se le cortó la respiración y sacó un papel idéntico de su propio bolsillo, de papelería blanca y dorada. Sentí que mis cejas se alzaban ligeramente.

—Ese viejo bribón —murmuró Bobby con una leve sonrisa.

—Por supuesto. Eddy quería que los conocieras —dijo Julian a su chica. Pasó sus dedos por su pelo rubio pasando por la punta, hasta su cara angulosa. Un tic. Frunció el ceño en señal de incomprensión. ¿Por qué ahora?

Sacudió la cabeza.

—Ni idea. Ni siquiera sabía que tenía un testamento hasta que recibí esta carta de su abogado. Todo lo que sabía era que su hermano se hacía cargo de su casa.

— ¿Qué dice tu carta? —pregunté, con los ojos entrecerrados hacia ella.

Se levantó, guardó la carta y se cruzó de brazos. La manga de compresión brillaba, ajustada a sus músculos, mostrando los desgarros de su antebrazo y hombro. El ingeniero que hay en mí se preguntó de qué estaba hecha.

—Decía que estuviera aquí hoy —dijo.

— ¿Eso es todo?

Asintió con los ojos entrecerrados desafiándome a discutir. Me encogí de hombros. El mío dijo lo mismo. Esto se estaba volviendo aburrido.

—Bueno, aquí estamos, reunidos para algún tipo de club. ¿Y ahora qué?

— ¿Sexo? —preguntó Anastasia, arqueando una ceja. Siempre pensé que me cogerían en escenarios como éste.

—Ah —Blondie puso los ojos en blanco—. Un trago y un porro para mí —anunció, poniéndose de pie y caminando con dificultad hacia la cocina.

—Creo que me uniré a ustedes para tomar una copa —le dijo Bobby a mi chica, siguiéndola. Pero paso del porro. Me hace hablar como Bubba en Forrest Gump. Anastasia le miró de forma querulante, mordiéndose la lengua, como si tuviera que quedarse a su lado porque todavía no estaban de acuerdo con nosotros. Lanzó una mirada de sospecha a Blondie. Julian le frotó los hombros y le acarició el pelo.

Esto se estaba convirtiendo en un episodio de Gran Hermano, un programa que no me interesaba especialmente. Me levanté y decidí hacer algo para combatir mi aburrimiento, siguiendo el ejemplo de Blondie. Aunque pensé que necesitaba algo un poco más estimulante que un porro.

Entré en el cuarto de baño del pasillo y cerré la puerta, con el Lysol picándome la nariz al encender la luz, los azulejos de la pared y el suelo brillando en azul, verde y blanco. Los toalleros estaban tan desnudos como la barra de la cortina de la ducha. Me volví hacia el lavabo y miré de cerca a la persona que se miraba en el espejo. Intensa es la forma en que la gente me describe cuando me oye. Tuve que estar de acuerdo con eso, y no pude negar que me describieran de forma más despectiva. Desde luego, he sido todo tipo de hijos de puta con esta cara.

Mi pelo oscuro, casi negro, estaba recogido sobre mi cabeza, largo en la parte delantera, más corto en los lados y en la parte trasera, grueso y brillante, gracias al cariño de Blondie. Mi bigote estaba perfectamente recortado. Piel bronceada y suave. Ojos verdes como el gas ardiendo, un esquema tras otro parpadeando bajo las cejas oscuras, la piel alrededor de ellos sombreada por haber dormido poco y haber ido demasiado rápido.

—Parecerá que llevo un pasamontañas después de esto —murmuré, sonriendo, sacando una pequeña Ziploc del interior de mi chaqueta. Sentí el peso de la navaja de afeitar antes de que se deslizara en mi mano desde la funda ajustada a mi espalda. La hoja de cinco pulgadas brillaba cromada, abriéndose silenciosamente desde el mango de plata antigua con incrustaciones de gemas, amatistas y rubíes bajo mi palma que prometían agarre si alguna vez decidía usarla para algo más que cortar narcóticos.

Mientras echaba un poco de polvo en el fregadero, el aroma de la cocaína llenó mi nariz con fuerza, un piquete que le dijo a mi cuerpo que se abrochara. Mis ojos se abrieron de par en par concentrados, mis intestinos se agitaron inquietos por un momento, la mano se desdibujó para alinearla. Lamí la hoja, la limpie con papel higiénico y la envainé. Saqué unos billetes de un bolsillo y enrollé uno de cien dólares como si fuera una pajilla, manchando su gorda cabeza calva con una velocidad de calidad mientras resoplaba una gruesa línea por cada fosa nasal, resoplando y gimiendo con fuerza.

El sabor adormecedor y electrizante llegó a la parte posterior de mi garganta, y me encogí con placer enfermizo.

—¡MMahhh! —rugí, con los ojos desorbitados, relamiéndome los labios. Limpié mi desorden, pensando que podía lidiar con el drama de las mujeres ahora. No me aburriría durante un tiempo.

Entré en la cocina y encontré a mi chica charlando con Bobby, explicándole cómo le había quitado la pistola antes.

— ¿Vudú? —dijo Bobby con escepticismo, sentado en un taburete de la barra, con los brazos apoyados en la encimera de la isla. La cocina hacía que su enorme figura pareciera pequeña, con los electrodomésticos de acero inoxidable parpadeando limpiamente a nuestro alrededor, y una docena de ollas y sartenes colgando sobre la isla.

—Voodoo that I doo —cantó Blondie con actitud, haciendo bailar sus hombros como una guerrera. Se alisó la parte delantera de su camisa, una blusa morada y blanca que mostraba su estómago bronceado y en forma sobre unos vaqueros Calvin Klein. Botas negras.

—Eso no fue una respuesta —dijo Bobby.

—Esa es tu opinión —respondió ella, con los ojos entrecerrados a través del penetrante humo de la marihuana. Bobby se limitó a negar con la cabeza y dar un suspiro exagerado, con un enorme pecho que retumbaba.

—Sus trucos mentales vudú son casi tan frustrantes como sus trucos de lucha —dije, sonriendo. Ella levantó una ceja en señal de advertencia. Lo dejé así antes de molestarla más. Ya le debía una por llegar tarde. Un masaje de pies y hablar mal de ella delante de su nuevo amigo, no cubriría eso.

—El vudú es de mis ancestros —dijo Bobby. Miró a Blon-

17

die. Nunca pensé que los blancos lo usarían. Pero lo has conseguido. Se rio, con la voz profunda temblando como una pila de bajos. ¿El vudú que haces? Supongo que sí. La magia que hiciste en mí haría que cualquiera creyera.

—Gracias —dijo, y se levantó para traerles más cervezas.

Resoplé, ganando un enorme y maravilloso impulso. Mis ojos se desorbitaron con el TDA. Blondie aspiró un poco, me miró con dureza mientras cerraba la nevera y sacudió la cabeza en señal de desaprobación. Me encogí de hombros y me di la vuelta y salí al pasillo, tarareando Cocaine de Eric Clapton tan fuerte como pude.

Mi mente no podía concentrarse en cuestiones triviales. Ansiaba algo que me enganchara por completo. Así que busqué a la chica-bestia para interrogarla sobre la manga de compresión de aspecto de ciencia ficción que, combinada con su físico de otro mundo, la hacía parecer un ciborg.

Se quedó en el salón mirando los recuerdos de boxeo que había en la pared. Fotos de carpas y carteles de peleas de cuatro continentes cubrían una pared por completo. Un montaje de algunos de los mejores momentos del deporte. Eddy había estado presente en muchos de los principales combates y eventos, y tenía una colección de primera clase para demostrarlo.

Al ver todo eso con Anastasia allí de pie, de repente me di cuenta de por qué no la había conocido hasta ahora: hay tanta gente con la que Eddy trabajó que nunca conocí. La pared de fotos me abofeteó con el hecho de que la chica-bestia era sólo una de cientos.

La miré a los ojos para determinar qué estaba estudiando con tanta atención. Una foto enmarcada de Eddy y un promotor llamado Silvio Vittorio, flanqueando a una luchadora que recuerdo de los años 2000. The Shocker. Eddy la había entrenado poco después de dejar los amateurs para ganar dinero de verdad en los profesionales.

Un sentimiento de arrepentimiento me tocó brevemente. "Podrías haber sido tú el de la foto", me restregó mi subconsciente. "Podrías haber sido un campeón mundial, incluso más famoso que ella..."

Resoplé profundamente, y fui recompensado con una sensación de zumbido que acalló la voz de mis sentimientos. Anastasia me miró, pero yo la ignoré y seguí estudiando la foto. Las manos de la chica seguían envueltas, la cara y el pelo sudados, las mejillas rojas e hinchadas. Tenía un brillo inhumano en los ojos, volando salvajemente con todos esos químicos intensos que consumen a un gladiador durante la batalla. Esta chica estaba a ese nivel.

Sentí que notaba que había esnifado una línea a través de mi polla. Conseguí que no se me notara en la cara. Miré a Anastasia y dije con honor: "He luchado contra The Shocker. Es lo mejor que me ha pasado en años".

Una sonrisa se asomó en la comisura de los labios, aunque permaneció en silencio, sin dejar de mirar el cuadro, como si esperara a que yo completara la revelación.

Me faltaba algo aquí. Volví a mirar a la pared y de repente recordé otra foto más reciente que había visto de The Shocker. En "Los más buscados de América". Me reí a carcajadas y le dije: «Eres una valiente hija de perra. Sigues pareciéndote a la foto de tu ficha policial». Extendí mi puño y ella lo golpeó con fuerza con el suyo, de un boxeador a otro. Le dije: "Supongo que no disfrutaste de las comodidades del Correccional Central de Mississippi".

Ella sonrió.

—No debía estar en la cárcel. Mi marido y yo éramos inocentes.

— ¿Y la chica que mataste en la cárcel antes de escapar?

—No lo hice —respondió ella, con la sonrisa perdida.

La miré detenidamente.

—Te creo —le dije.

Siguió mirando la foto, viendo a través de ella con ojos desenfocados.

—Julian y yo éramos entonces Alan y Clarice. Los narcotraficantes nos tendieron una trampa y nos metieron en la cárcel. Dentro, me obligaron a entrar en un grupo de lucha. Me dejé llevar, con la esperanza de poder utilizar el dinero para financiar mi fuga. El ring fue descubierto el día antes de que pudiera salir. Lo perdí todo. Todo el plan estuvo a punto de arruinarse, y no habría funcionado sin la ayuda de mi amigo.

—¿Obligada a entrar en un ring de lucha? —indagué. Eso sería como obligar a un pez a nadar.

No sabía si mirarme mal por llevarle la contraria o tomárselo como un cumplido y sonrojarse.

Normalmente no me interesa el drama de él y ella. Pero este fue un descubrimiento interesante. Ella era una gran fugitiva, buscada por el gobierno federal. Continuó contándome cómo murió Eddy. Él la había ayudado a escapar y más tarde le dispararon mientras la ayudaba a rescatar a su hijo, que había sido secuestrado por los traficantes. Recibió una bala que iba dirigida a ella. Se enjugó las lágrimas y yo contuve un gruñido.

"No te vayas. Puedes tolerar esto. Vale la pena. Es una buena historia".

Para reorientar la conversación dije: «¿Los traficantes eran policías? No me sorprende».

—Policía de Biloxi.

—Se llevaron a tu hijo porque les quitaste seis millones en efectivo. ¿Eso fue después de que escaparas?

Ella asintió.

—Queríamos vengarnos.

—Tomar el dinero de un delincuente es, sin duda, la mejor manera de justicia —dije frunciendo el ceño, preguntándome qué haría yo si ella se hubiera llevado mi alijo. Había mucho más que quería saber sobre su historia, pero ella la cortó.

—Basta de hablar de mí. Ahora vamos a hurgar en tu cerebro. Señaló otra pared y nos acercamos a una vitrina de trofeos llena de los logros de Eddy en su adolescencia en el boxeo y el fútbol. Los altos premios de oro y plata llenaban cinco estantes, con placas en el panel trasero de espejo. En un estante contiguo había varios artículos periodísticos enmarcados. El más grande, un marco de nogal que encerraba toda una primera página, titulaba ¡Batalla en la playa de enfrente! en negrita.

—¿Eran tú y Eddy? Lo recuerdo.

—Oh, sí. Lo había olvidado. Solía tener una copia enmarcada igual. ¿Te lo dijo Eddy?

—Algo así. Ya sabes lo reticente que puede ser. Recibió una mirada agria. Podía ser.

—*Omerta*. Seguía el código de silencio italiano.

—No lo sé —murmuró. Yo sonreí. Eddy tuvo el mismo efecto en mí.

Me sentía locuaz. La droga había hecho efecto, prometiendo un gran placer si me expresaba, si contaba una historia que me hiciera sentir bien para corresponder a su participación. Anastasia empezaba a gustarme tanto por su personalidad como por sus logros. No todos los días te encuentras con la mejor boxeadora de todos los tiempos, que además está en la lista de los más buscados del FBI. Y me gusta el hecho de que sea la líder obvia de un equipo fuerte. Sin duda, en mi opinión, es una "Guerrera".

"Es posible que también te estés acercando a ella porque ya no le guardas rencor por haberte superado", me dijo mi subconsciente.

No discutí. Me sentí privilegiado por haber sido golpeado por una leyenda.

Señaló con la barbilla el artículo.

—Aquí dice que tú y el entrenador agredieron a diecisiete deportistas de fútbol.

Sonreí.

—Pude herir a cinco o seis. Tuve suerte. Eddy abatió al resto.

—Suena divertido —dijo con ese brillo en los ojos, un pícaro depredador acechando justo debajo de la superficie. Definitivamente estaba en el nivel. Psicópata.

"Me pregunto si somos parientes".

Dio vueltas a su dedo para incitarme a dar detalles, y comencé a contarle el incidente que dio lugar a una de las historias más espectaculares de Ocean Springs.

La ira solía controlar mi vida a diario. Demonios, a veces en una base de hora a hora. Entonces no tenía mucho control sobre ella, e incluso ahora tenía que luchar para morderme la lengua o evitar que mis manos abofetearan a las personas que consideraba idiotas. Que eran casi todos, por desgracia.

En el 98 me entrené a fondo para los campeonatos regionales. Llegué a la final con facilidad y dominé a un paleto para conseguir una clara victoria. Sólo que me robaron. No me levantaron la mano. Los jueces favorecieron a mi oponente porque estábamos en su ciudad natal. Fue entonces cuando descubrí que mis problemas de ira me convertían en un verdadero peligro para la sociedad.

Para hacer frente a las presiones injustas a las que me sometía mi adolescencia, desarrollé mi propia terapia. Mi propia y retorcida terapia de ira: Buscaba una multitud de hombres (viejos, jóvenes, paletos o gánsteres) y me lanzaba sobre ellos. Por mi cuenta. Cuantos más, mejor. La brutal ferocidad que desataba sobre ellos me tranquilizaba de una manera que no podría experimentar hablando con un terapeuta sobre cómo me hacía sentir esto o aquello.

Mi entrenador se enteró de mi dinámica de desahogo de alguna manera, aunque nunca supe cómo lo hizo. Nunca me habían pillado. Resulta que se sentía identificado con ello. Es más, lo alentaba. Era lo más extraño. Un adulto diciéndome que estaba bien hacer daño a la gente para sentirme mejor. Pero eso fue precisamente lo que hizo ese día, después de hacerse sentir mejor, al dar a los jueces un discurso mordaz sobre el hecho de que los luchadores no ganaban porque no eran de Arkansas, no mascaban tabaco o se follaban a sus primos.

Los insultos de Eddy no surtieron mucho efecto, pero su mirada amenazante pareció escalar los rostros de los tres jueces. Tenía un aspecto bastante aterrador cuando estaba de buen humor; en ese momento era absolutamente aterrador. Continuó: "Ustedes, los que os llevan el té, sois una vergüenza para el boxeo amateur. Especialmente tú". Su profunda voz retumbó en el edificio que se estaba vaciando, con un grueso dedo dirigido a un hombre calvo y regordete con un traje marrón barato. Sus doscientos cincuenta kilos hacían crujir el cuadrilátero mientras iba de un lado a otro frente a los jueces, que seguían sentados junto al cuadrilátero, ordenando papeles en una mesa. Algunos aficionados lo escucharon y gritaron su conformidad. Me quedé fuera del cuadrilátero, junto a las gradas, cortando con rabia el envoltorio de mi mano con el cuchillo de Eddy. Me miró y luego volvió a mirar a los jueces, con un enfado creciente.

—¿Cómo le han podido dar todos los asaltos a ese vagabundo? ¡No ha ganado ni uno solo! ¿Saben cuánto ha sacrificado este chico para llegar hasta aquí? —Me señaló y les gritó—. ¡Mírenme! Tres pares de ojos miraron hacia arriba y luego hacia abajo.

No respondieron. Sentí una rabia incómoda, los aires de un

desenfreno. Estaba impaciente por irme. No podía desahogarme aquí. Iría a la cárcel por agredir a estos payasos. Saben que me han jodido. Bueno, he resumido esta mierda. Perdí. Me traicionaron. No iban a revertir la decisión.

No entendieron que a causa de esta derrota la gente me iba a mirar de otra manera. Varios patrocinios y contratos acabaron en el mismo cubo de basura con mi récord perfecto. No entendieron que ahora me verían de forma diferente. Creía que podía vencer a cualquiera en el ring. Pero resulta que esa confianza a prueba de balas era falible, un bicho bajo el zapato de un juez parcial que se aplastaba a su antojo. Perdí mi primer combate y me sentí como si volviera a perder la virginidad. Sólo que esta vez fue algo muy malo.

Quería maldecir a esta gente. Quería hacerles daño. ¿Por qué no podemos irnos?

Pero Eddy no había terminado de decirles lo que pensaba de su corrupción. Miró a los ladrones y volvió a apuntar su dedo en mi dirección.

—Le dije a este chico de dieciséis años que si trabajaba más duro que los demás, si se sacrificaba más que los demás, ganaría. Trabajó más duro que los demás y ganó. ¿Quiénes son ustedes, tres idiotas, para decir lo contrario? Todo el mundo vio lo que pasó. Todo el público abucheó su decisión. Debería ir allí y abofetearlos a todos. Tienen que saber lo que se siente porque eso es lo que le han hecho a este chico: ¡abofetearlo en la cara!

Eso les valió algunas miradas de recelo, pero por lo demás sólo les hizo acelerar su papeleo. Los jueces experimentados estaban acostumbrados a que los entrenadores, los aficionados o los padres descontentos les acosaran tras decisiones controvertidas. El arrebato de Eddy no era nada nuevo y no sentaría ningún precedente.

El entrenador gruñó con vehemencia, obviamente conteniéndose para no cumplir sus amenazas. Giró bruscamente y se agachó bajo las cuerdas. Bajó los escalones a pisotones. Pasó junto a mí con la cara roja y sólo pudo mover la cabeza para que le siguiera, tenso por la emoción.

En el aparcamiento la gente gritaba sus condolencias, asegurando que todo el mundo sabía quién había ganado realmente. Subimos al coche de Eddy, un Dodge Challenger plateado del 74, y cerramos las puertas. Arrancó y aceleró el 440 Magnum, el gran bloque bramando un rugido tranquilizador. Agarró el volante con sus dos enormes manos. Su mandíbula de bulldog sobresalía en una sonrisa, sus rasgos francocajún parecían muy de mafioso italiano. Barba y bigote oscuros y brillantes, ojos ominosos bajo un grueso ceño. Me miró y sugirió con voz agradable: "Busquemos un buen grupo".

Le devolví la sonrisa. "Uno grande".

Esa noche, alrededor de las 2:00 a.m., nos encontramos en la playa de Ocean Springs, caminando a lo largo del malecón, buscando un grupo de hombres lo suficientemente grande como para quitarnos el estrés. No tardamos mucho. La playa era uno de los lugares favoritos de todos los grupos de personas, incluidos los deportistas a los que nos acercamos.

Recuerdo aquel momento con toda claridad. El cielo estaba claro y mostraba las estrellas a lo lejos sobre el agua oscura. La arena brillaba con la tenue luz de la luna. Los coches y los camiones se alineaban en el dique, con las puertas abiertas y las luces interiores mostrando a las parejas que se besaban, bebían y bailaban al ritmo de la música. Debía de haber una veintena de futbolistas entre la multitud, todos ellos muy familiarizados con las pesas, los batidos de proteínas y cualquier clase de potenciadores de la testosterona.

Perfecto. Me encantan los retos. Me di cuenta de que una parte de mí estaba gritando misión suicida, pero golpeé el codo de Eddy en lugar de pensar en las consecuencias, y él gruñó afirmativamente.

Entramos directamente en la mezcla. Por aquel entonces, yo medía 1,60 y estaba muy entrenado. Eddy medía más de 1,80 y 120 kilos, un oso de hombre con una fuerza inmensa, y era capaz de una velocidad asombrosa a pesar de tener casi medio siglo de edad. Había sido entrenador de boxeo durante más de veinte años y esa experiencia le convertía en una persona muy peligrosa.

Ignoramos a las chicas con poca ropa que nos miraban con curiosidad. Cogí una cerveza de una nevera, me puse en medio de varias cabezas musculosas que se alzaban sobre mí y agité la botella. Quité el tapón, puse el pulgar sobre la boca y rocié Bud Light en todas direcciones, empapando a todos los que pude. Las chicas chillaron furiosas cuando la cerveza les mojó el pelo y el maquillaje. Los chicos me maldecían y gritaban por encima de la música, una canción de Cypress Hill que quería hacerte creer que estar mal de la cabeza era algo bueno.

Me encanta cuando la música encaja con el escenario, ¿a ti no?

Eddy se abrió paso entre los hombres que me rodeaban, se giró y se enfrentó a ellos con las manos en alto aplacando.

—Discúlpenme un momento, amigos. Antes de hacer esto, el viejo necesita un estiramiento. Sonrió e ignoró las miradas de desconcierto que recibió, se volvió para mirarme y habló. Estírame los hombros, muchacho. Le tiré de los brazos a la espalda y gruñó de alivio. Soy demasiado viejo para perseguir a estos jóvenes. Sigue empujándolos hacia mí, ¿vale?

—Entendido, viejo —le obedecí, sonriendo psicóticamente, con la mente ya acelerada con los movimientos que planeaba ejecutar sobre los tres tipos que estaban detrás de mí. Mi corazón aceleró el ritmo, el ansia me consumía.

El más ruidoso de la multitud, un tipo enorme y enfadado con una gorra de los Dallas Cowboys, se acercó y exigió saber: "¿Qué demonios es esto? ¿Quiénes son ustedes, idiotas?"

Eddy le sonrió. "Nos presentaremos en un momento. Siento el retraso. Me estoy haciendo viejo", dijo disculpándose, sonando muy sincero. Le solté los hombros. Suspiró, levantó sus grandes puños como sólo pueden hacerlo los luchadores veteranos. Le dijo al corpulento deportista: "Me llamo VoyaPartir Teltrasero" y lo perforó con un gancho de izquierda que hizo eco en la arena, un golpe monstruoso que hizo caer al hombre de lado y al suelo con violencia, estaba inconsciente antes de caer.

Giré y lancé un cruce de derechas en un solo movimiento, enderezando la pierna trasera para empujar todo mi cuerpo en la dirección del puñetazo, el puño derecho un bloque de hierro que golpeó asquerosamente la barbilla de mi objetivo. Cayó, inconsciente, con las rodillas y la cabeza golpeando la pared del mar, y yo pivoté hacia mi izquierda, reajustando los hombros, conduciendo hacia delante con un gancho de derecha e izquierda al cuerpo del hombre más cercano a mí, con los puños mordiéndole el suave vientre como si fueran cañonazos, su cálido aliento rociándome del dolor explosivo mientras me ponía a su lado y detrás de él. Empujé a dos tipos más, tratando de hacer espacio para bailar con ellos, pero tuvieron la mala suerte de caminar hacia los brazos guadañadores de Eddy, cayendo ambos al instante. Salí del círculo y volví a entrar para golpear a un tipo en la cabeza, haciéndole caer de rodillas. No dejé de avanzar, acabando con él con un gancho a la oreja. Se desplomó, destrozando las botellas de cerveza que tenía debajo. Era como dispararle a un pez en un barril. No podía creer la facilidad con la que caían estos tipos.

Una chica asiática de culo pequeño se acercó a mi lado y mi "amigo" notó sus pequeñas tetas rebotando en la parte superior del bikini antes de que gruñera como un matón y me lanzara una botella de Corona llena. Me agaché y le dio a una chica detrás de mí, rompiéndole los dientes. Me reí de su grito de rabia y luego arremetí contra dos o tres tipos más, castigándolos con mi ataque. Cayeron, con la arena pegada a sus caras ensangrentadas. Retrocedí rápidamente para dejar que mis hombros se recuperaran y vi cómo la chica asiática recibía un puñetazo de la chica con el diente roto. Volví a reírme. Me estaba divirtiendo como nunca.

—¡Insane in the membrane/ insane, got no brain! —expresaba la música en rimas y bajos atronadores, alimentando el caos.

Eddy estaba en la arena, a medio camino del agua, medio rodeado de deportistas, algunos cojeando, la mayoría enfadados, todos demasiado cautelosos como para volver a entrar en su radio de acción. Mi entrenador parecía un guerrero de la antigüedad, un experto en combate que enseñaba a la siguiente generación cómo debían comportarse los hombres que luchaban en el cuerpo a cuerpo. Juzgué que estaba a punto de sudar, su camiseta blanca de Mopar y sus monos deportivos brillaban. Se movía con el tipo de confianza relajada que marca a un luchador con mucha lucha dentro.

No podía ver su cara con claridad, pero sabía que tenía una sonrisa maliciosa. Fingió golpes, haciendo que sus presas saltarán. Un tipo gritó como si un mariscal de campo hubiera llamado a la huelga y corrió hacia adelante balanceándose salvajemente. Fue silenciado por un solo uppercut.

—Vamos, chicos —dijo Eddy decepcionado, pasando por encima de su víctima. Sacudió la cabeza con tristeza. ¿Es necesario que les cuente una historia sobre cómo los veteranos solíamos caminar por la nieve cuesta arriba en ambos sentidos? Ustedes pelean como putas de crack de cuarenta kilos. ¿Alguien aquí tiene un par de pelotas? Que levante la mano. Al oír eso, estallaron varias maldiciones y cinco fanáticos de los esteroides se acercaron a él. —Eso es. Ven con papá —dijo, saliendo a su encuentro.

Periféricamente, observé y oí cómo los golpes conmovedores de Eddy derribaban a los atletas mientras yo esquivaba y sorteaba a cuatro tipos que me perseguían de un lado a otro entre ellos, formando libremente un patrón de diamante. Me alejé bailando hasta que mis hombros y mis piernas se recuperaron, y entonces me abalancé con una combinación de cuatro golpes que simplemente abrumó a uno de mis objetivos, un hombre de pelo oscuro de mi tamaño, aunque mayor. Mis puñetazos le golpearon tan fuerte y tan rápido que no pudo reaccionar para defenderse. Le comprimieron el ojo, la nariz y la barbilla, la cabeza se echó hacia atrás y emitió el gorgoteo que siempre sigue a una nariz gravemente rota, con la garganta llena de sangre.

Me olvidé de él en un instante, me relajé para recuperarme, me abalancé hacia mi izquierda con un golpe fingido, clavé con fuerza la derecha detrás de él en la nariz del siguiente objetivo, bajé y me adelanté, girando los hombros explosivamente para lanzar un derechazo en la zona blanda debajo del ombligo, deteniendo su diafragma. Olvidó cómo respirar y se dejó caer, ahogado, jadeante. Un tipo miró a sus amigos en el suelo retorciéndose de dolor, me miró a mí y echó a correr, saltando el dique, corriendo hacia su coche.

Su compañero le siguió un segundo después, llevando consigo a un hombre herido.

—Perra —dije, apreciando las probabilidades de la guerra. El enemigo había sido derrotado. Me giré en círculo para observar la carnicería, inhalando con profunda satisfacción. La zona de hormigón alrededor del dique parecía haber estado en la trayectoria de un tornado. Sillas de jardín, botellas de cerveza y neveras destrozadas, ropa y accesorios aleatorios estaban esparcidos por todo el lugar, alrededor y debajo de los coches, en la calle. La mayoría de las chicas habían dejado sus cosas y corrían.

Me reí alegremente.

Los gritos resonaron desde abajo, junto al agua. Media docena de hombres, y dos chicas, yacían en la arena en diversos estados de dolor y conciencia entre el agua y yo.

Salté por encima del muro y seguí el rastro de las víctimas del noqueo hasta que se materializó una multitud de siluetas, con los reflejos blancos de la luna iluminando sus rostros agresivos, su pelo y sus hombros musculosos. El equipo de fútbol estaba decidido a derribar a Eddy, un desafío que habían ensayado con sus propios entrenadores en un ejercicio de «quién puede golpear al profesional». Si Eddy hubiera sido un simple jugador de fútbol, ya lo habrían derribado. Sin embargo, no se puede placar lo que no se puede agarrar, y la rápida defensa de Eddy y sus golpes de mula eran casi imposibles de superar.

Los débiles habían sido sacrificados de la manada, los más fuertes de los deportistas eran los únicos que seguían luchando. Eddy no tenía prisa. Parecía tan tranquilo y preparado, con los puños en alto casi casualmente. Entonces alguien se ponía valientemente a su alcance y, de la nada, un solo golpe estallaba. Otro muerde el polvo.

Cuando me acerqué a ellos, me di cuenta de que la determinación que emanaba de los atletas era en parte una negación; se negaban a creer que no podían derribar a este viejo. Seguro que entre todos podrían tirar al suelo a este vejestorio. Me reí porque he tenido la misma rabia frustrada en mi cara numerosas veces, mientras hacía de sparring con el mismo maestro que los atormentaba ahora. El gurú pugilista podía ser exasperante porque podría golpearte con mucha facilidad y bloquear todo lo que le lanzaras. Estos chicos le habían lanzado todo lo que tenían y más, y todavía no habían conseguido un golpe limpio. Estaban viendo rojo.

Sabiendo que no podían oír mi aproximación, ya que la suave arena y el fuerte viento enmascaraba mis pasos, crucé la distancia rápidamente. Eddy me vio, levantó la cabeza y sonrió. Le devolví la sonrisa y empujé a los dos tipos que tenía delante. Sorprendidos y desequilibrados, sus formas agitadas tropezaron hacia delante como dos troncos cayendo por el conducto de una trituradora de madera, ¡BZZT! BZZT! se estrelló contra los residuos donde impactaron los silbantes puños de Eddy, traumatizando la piel, los vasos sanguíneos, los músculos y los órganos. Los huesos se fracturaron. Se revolcaron en la arena húmeda, malheridos. Los otros chicos, seis a la izquierda, se alejaron de mí para evitar ser empujados hacia la picadora de carne, que pasó por encima de su última obra y se dirigió hacia ellos.

Las luces azules, rojas y amarillas iban y venían por la arena, nuestras caras y brazos, acompañadas por las sirenas que sonaban en la calle. Nuestras presas parecían ganar confianza ahora que la policía estaba aquí, como si el peligro hubiera disminuido porque todos iban a ser detenidos. Se volvieron engreídos, pero no estúpidos. Con el reloj agotando el tiempo y sin ganar puntos significativos para su equipo, dejaron a Eddy solo y se volvieron hacia mí, la amenaza menor, con la esperanza de anotar algo para el poco orgullo que aún poseían.

La arena hacía que mi movilidad fuera casi inexistente. Sin un movimiento rápido de los pies, las probabilidades de que me golpearan aumentaban. No me importaba. De una manera muy perturbadora, estaba deseando sentir unos cuantos golpes fuertes. Todavía tenía algo de rabia y estrés acumulados, una bola de emoción ardiente asentada en lo alto de mi estómago, alimentando mi voluntad con todo el jugo que podía manejar. No iba a abortar mi misión por unos cuantos policías. Tenía que desahogarme. Parar ahora sería como masturbarse sin la recompensa.

Dos musculosas se lanzaron tras de mí, esprintando para lanzar tacos de lanza, lo que me indica que ése es el único entrenamiento que han tenido, la única forma en que sus cuerpos saben atacar. El primero me alcanzó y esperé hasta el último instante, con sus manos extendidas y su cara gruñona allí mismo, antes de pivotar a mi derecha y lanzar un golpe de derecha bajo su brazo, haciendo crujir mi puño apretado en su barbilla y garganta. Medio segundo después, mi gancho de izquierda se estrelló contra su ojo, cerrándolo indefinidamente. Aterrizó en la arena gritando enloquecido y un camión Mack me golpeó desde un lado, aplastándome directamente contra el suelo. El dolor fue expresado elocuentemente por mi respiración explosiva y mi gemido, la arena silenciando mi boca abierta. Aguantó, respirando con dificultad, y percibí que se había quedado sin gasolina o que estaba sorprendido de haberme derribado, sin más plan que el placaje, sin más entrenamiento ni instinto.

Saqué la cara de la arena, ciego, pero contento de que hubiera un idiota a mi espalda en lugar de un luchador. Escupí antes de inhalar, luchando con su peso. La arena me quemaba los ojos, succionando la humedad, sustituyéndola por trozos de arcilla y hierba marina, un brebaje que podía saborear y oler porque la puta mierda se había metido en todos los agujeros de mi cara. Mis músculos tenían problemas para trabajar sin aire, y no podía romper el agarre que el tipo tenía sobre mí. La lucha y el forcejeo no eran mi fuerte. Tenía que quitármelo de encima y ponerme de pie para ser eficaz en la lucha.

Le he mordido. No me refiero a un mordisco como un mordisco humano normal. Le causé un horrendo dolor, le hundí los dientes en el brazo como si fuera un jamón caliente y salado y le arranqué un tapón de piel peluda y sudorosa. La sangre brotó entre mis dientes, inundando mi boca. El metal ácido y el cálido enrojecimiento desencadenaron una respuesta frenética de mi lobo interior, y mis músculos se hincharon mientras la sensación de deseo violento se extendía por el resto de mí. De repente, tenía una fuerza retardada, un poder primitivo rugiente que exigía ser canalizado con un solo propósito: la destrucción. Mis ojos se inundaron de lágrimas. Pude volver a ver.

El deportista se sintió más ligero, un mero irritante que había que apartar, y yo giré mientras le lanzaba un codo a la oreja, continuando el movimiento para rodear su cabeza con mi brazo en una llave de cabeza. El golpe y el bloqueo fueron muy inesperados, haciendo que se asustara. Aproveché el momento. Me puse de pie y mantuve el bloqueo hasta que estuve segura de que podía zafarme de él. Lo solté, salté hacia atrás, planté mi pie trasero e inmediatamente lo llevé hacia adelante con un golpe de talón que se estrelló contra su clavícula, rompiéndola audiblemente. Gritó y se agitó. Tomé un gran respiro y me sentí un poco más cerca de la línea de satisfacción.

Las linternas trazaban haces de color naranja a través del rojo, el amarillo y el azul palpitantes. Las llaves tintinearon con fuerza mientras varios agentes corrían hacia nosotros desde el dique, gritando que todos bajaran. Eddy caminó hacia mí desde el agua, con siluetas oscuras en el suelo detrás de él, la luna haciéndole brillar como un espectro de pesadilla.

Los policías me alcanzaron, las linternas iluminando mi cara. Se quedaron helados. Uno dijo: "¡Mierda!". Luego, "¡No te muevas!" y me apuntó a la cabeza con una pistola.

La sangre aún estaba caliente en mi cara, pegajosa, con manchas en la camisa. Mis puños se alzaron en su dirección, y decidí que eso era bastante estúpido antes de darme cuenta de que debían ver a un retrasado en la verdad, y de que estaría muerto por una lluvia de balas en cualquier momento.

—¡Razor! ¡Agáchate, chico! —gritó Eddy, corriendo rápidamente, haciendo señas para desviar su atención de mí. Se detuvo, con las manos en alto, y dos policías lo flanquearon apuntando con sus pistolas. Se agachó.

Consideré mis opciones mientras los asustados policías seguían gritándome. Podía intentar luchar, pero probablemente recibiría una bala. Normalmente huyo de los policías. Sin embargo, es poco probable que consiga recorrer tres metros antes de que me caiga la gigantesca pistola eléctrica con la que me acaba de apuntar una mujer policía, con las manos temblando.

Sentí un vacío en mis entrañas donde la bola de emoción densa se había asentado como un tanque de nitro. Ciertamente, estaba más que satisfecha, con una reserva de saciedad que debería aguantar un buen rato. Estaba agradablemente agotado. Una siesta en el catre de una celda de la cárcel sonaba muy bien.

Estoy bien, determiné, temblando de satisfacción. Casi me sacudí el abrigo. Hoy no hace falta morir. Y no tengo muchas ganas de sentir el mordisco de esa pistola eléctrica. No soy fanático de la electricidad. Me agaché.

Nos esposaron y nos llevaron de vuelta al dique. Dos ambulancias habían llegado, añadiendo más uniformes y luces cegadoras a la escena. La gente era atendida por todas partes. Los policías me miraban fijamente mientras pasábamos. Volví a ser consciente de la sangre y tuve que contenerme para no lamérmela en los labios. Pasé por encima del muro y me metieron en la parte trasera de un coche de policía. Pusieron a Eddy a mi lado. Cerraron las puertas. El interior era estrecho para mí, así que sé que al bulto de Eddy no le gustó, especialmente con las manos esposadas a la espalda.

Sin el viento golpeándome, fui más consciente de mí mismo. Me dolían mucho las dos manos, posiblemente fracturadas. Las costillas también se me estaban cortando, dolores que no sentía hace unos minutos mientras las emociones agresivas me llenaban de invulnerabilidad. Suspiré, extrañando ya la sensación, y me limpie la boca en el hombro antes de hacer algo asqueroso, como estaba pensando hace un minuto. Necesito un porro, y ya.

Miré a mi entrenador y nuevo compañero de fechorías y sonreí, satisfecho en general con el resultado de nuestro esfuerzo.

—Me siento mucho mejor —le dije.

Se rio.

—Yo también. Pero no lo hagamos de nuevo, ¿vale, chico? Eso se sintió demasiado bien, y soy demasiado viejo para empezar nuevos hábitos.

Me reí y luego me encogí de dolor.

—Genial —jadeé.

Dormimos como troncos en la cárcel de Ocean Springs, una pequeña zona de celdas dentro de la comisaría de policía de la avenida Dewey. A la mañana siguiente nos dijeron que teníamos una comparecencia inicial programada en el tribunal para las 9:00 a.m. Nos esposaron y nos llevaron a una pequeña sala que estaba llena hasta los topes, con varias personas de pie. Todos los deportistas de fútbol estaban allí, algunos vendados o escayolados, varios con sus padres. Al entrar, se desató el pandemónium, maldiciones y exigencias de explicaciones, dedos y puños de padres enfadados que se lanzaban con fuerza. Los gritos pidiendo silencio fueron ignorados. Eddy y yo nos sentamos frente al banco del juez, y tuve que girar por miedo a que me agredieran por detrás.

Una corneta de aire sonó, congelando a todo el mundo con su penetrante sonido.

—¡Silencio, he dicho! —tronó el juez, un caballero de finales de los sesenta con traje negro y bata negra echada apresuradamente por encima. Puso la bocina en un cajón del escritorio—. ¡Siéntate y cállate!

La entrada principal se abrió y el hermano de Eddy entró. Todo el mundo se quedó atónito porque Perry parecía el gemelo de Eddy, enorme y de aspecto oscuro y peligroso. Su mirada hizo que todos pensaran que pretendía crear problemas, pero se notaba que estaba afectado. Perry es un tipo jovial.

Nos vio. Asentí con la cabeza.

—¿Qué pasa? Se acercó a nosotros. Se detuvo con las manos en la cintura de sus pantalones oscuros. Admiré su camiseta Cruisin' the Coast. Miró a las víctimas y sacudió la cabeza. Todo el mundo le miraba, su presencia era un reclamo para los ojos. Miró a Eddy, a mí, tratando de mantener una expresión severa sin reírse, y dijo en tono de reprimenda: "Creí que les había dicho a los dos: cuando son diecisiete, ¡uno de vosotros tiene que quedarse fuera!".

Varios de los padres de los deportistas soltaron una carcajada. Los rostros de sus hijos se tornaron escarlata. Perry soltó una carcajada que evaporó el hechizo que mantenía en la cancha.

Perry sacó un periódico doblado de su bolsillo trasero y lo puso sobre la mesa mientras se sentaba entre nosotros. El juez comenzó el procedimiento, pero yo no podía concentrarme en sus palabras. El titular del Ocean Springs Record proclamaba ¡BATALLA EN LA PLAYA DEL FRENTE! y tenía una foto ampliada de la carnicería. La policía, los paramédicos y los heridos estaban por todas partes en primer plano, la playa, el agua y el cielo oscuros en el fondo, la luna brillante. Era una foto preciosa. Decidí comprarme una copia y enmarcarla.

—¿Realmente tenías la sangre de alguien alrededor de tu boca? —Perry retumbó a mi lado—. Dime que estaban exagerando.

Eddy se rio a carcajadas. El juez le miró con el ceño fruncido. Mi sonrisa parecía que me iba a partir la cabeza por la mitad.

—¿Quieren compartir su humor, señores? Nos preguntó el juez, inclinándose hacia delante con el ceño fruncido.

Levanté la vista.

—En realidad no.

Su ceño se frunció. Estuve a punto de comentarle lo poco que se le veía. Sacudió la cabeza y suspiró. Miró a los deportistas y a sus padres. Dijo a la sala: "Me parece increíble toda esta situación. Un boxeador estrella y su entrenador agreden a diecisiete jugadores de fútbol estrella en nuestra misma playa". Cerró los ojos para mostrar exasperación, pero me di cuenta de que secretamente pensaba de otra manera. Como si recordara algún incidente de su época de esplendor que ocupara un lugar especial en su corazón. Pude ver que había sido atleta alguna vez, y que tal vez sabía lo que se sentía al enfrentarse a probabilidades imposibles y ganar. No hay mejor sensación en el universo. Dijo: "Creo que los acusaré a todos y los enviaré a la cárcel del condado".

Varias personas se quejaron en voz alta.

—¡Silencio! —gritó. Un arrebato más y lo haré. Ustedes, jóvenes, no se dan cuenta de la suerte que tenéis de que nadie haya resultado gravemente herido. Ignoró las miradas de indignación de los hombres escayolados. Me miró a mí y a Eddy. Ustedes dos pagarán dos mil dólares cada uno a la ciudad, y se les ordena que compensen a estos jóvenes y a sus padres por cualquier factura de hospital que resulte de sus travesuras.

Miró pensativo a la gente que obviamente quería protestar. Volvió a mirarnos.

—Debido a su estatus en nuestra comunidad y al bien que han hecho a nuestra juventud a través de los programas de boxeo, soy indulgente. No lo seré la próxima vez. ¿Entienden?

—Sí, señor —dijimos Eddy y yo juntos, reprimiendo las sonrisas.

—Bien. ¡Retírense! Todos ustedes salgan de mi jodida sala.

—¿Realmente dijo "jodida"? —Me preguntó Bobby, sentado en un sofá detrás de mí y con Anastasia, Blondie y

Julian a cada lado. Compartían un bol de palomitas, y por lo que parecía llevaban un rato allí. El bol estaba casi vacío, con botellas de cerveza vacías sobre la mesa entre nosotros. La sequedad de mi boca me decía que me había dejado llevar, hablando durante mucho tiempo. ¿Cuánto tiempo? Maldito trance de la cocaína...

Anastasia me miró extrañada. Me di cuenta de que quería que respondiera a la pregunta de Bobby.

—Sí. Dijo «jodida». —Tomé aire. Resoplé. Necesito otro pase. Se me está pasando el efecto... ¡Fuah!

—Muy buena historia, bebé —dijo Blondie, haciendo crujir las palomitas.

—Yo compraría un boleto —admitió Bobby y lanzó una palomita al aire. El brazo de Blondie parpadeó con destreza, atrapándolo justo antes de que cayera sobre sus labios abiertos. Lo hizo crujir ruidosamente, mirándolo con su mirada de ¿Duelo? Él se rio con ganas.

—Pensé que habías dicho que te habías olvidado de eso —dijo Anastasia, sonriendo. Dudo que cualquier historia en la que aparezca el entrenador sea aburrida. Todas las mías son inolvidables.

—No puedo esperar a escuchar más de lo tuyo —dije como cortesía. Ella sonrió. Me di la vuelta y murmuré "Gran Hermano" antes de maniobrar alrededor de ella. Ya he tenido suficiente relación social por ahora. Salí al pasillo, con la intención de volver a visitar la plataforma de lanzamiento, y recordé algo.

Sacudiendo la cabeza, giré hacia atrás, asomé la cabeza por la esquina y miré a mi chica. Estaba tumbada en el sofá como una supermodelo. Se dio cuenta de mi presencia y aumenté mi mirada. Le dije: "¿Palomitas? ¿De verdad, nena? Te retorceré los pubis rubios por eso".

Graznó de manera muy satisfactoria, y no tuve dudas. No

habría masaje de pies para ella. Bobby y Julian soltaron una carcajada. Anastasia me lanzó una mirada que decía: "¡Por qué no!"

Blondie sonrió sensualmente para reconocer mi ventaja, hizo un guiño lento y zorruno que prometía placeres indecibles y se dio un golpecito en la nariz, con las uñas verdes brillantes. Mi amigo tomó nota. Le hice un gesto para que me siguiera al baño.

3

UN ÚLTIMO DESEO

—Antes de decírtelo, quiero que me llames Shocker —dijo Anastasia cuando le pregunté qué demonios era esa cosa en su brazo.

—Y yo soy Ace —dijo Julian, sonriendo a mí y a Blondie.

Él y Shocker se sentaron en el sofá frente a nosotros. Bobby se recostó en un sillón reclinable con una Michelob y escuchó, todos ellos fingiendo que no habían oído a mi chica gritar de placer hace minutos. La cara de Blondie seguía sonrojada, un tono interesante que difería ligeramente de la vergüenza mojigata de Shocker que coloreaba sus mejillas.

Miré a Shocker y a Ace, negando con la cabeza.

—Bien. Ahora mi detector de perdedores no se disparará cada vez que oiga vuestros nombres —exhalé un suspiro divertido. Anastasia y Julian. Caramba.

Blondie y Fortachón se rieron, pero a Shocker y a su chico no les hizo ninguna gracia. No deberían haber elegido nombres que invitaran al ridículo. Si los conociera un poco mejor, me burlaría mucho.

—Asesinar —dijo Shocker.

—¿Eh? —Giré la cabeza hacia un lado.

—A veces oigo voces. Les gusta crear palabras para el momento. El adicto a las peleas que hay ahí dentro acaba de sugerir «asesinar». —Sonrió, mostrando demasiados dientes—. Me gusta.

—A mí también —le devolví su sonrisa canina y todo su cuerpo se flexionó, cada centímetro de su extraña complexión atlética se flexionó, su supuesto adicto a la lucha interior estaba esforzándose por salir. Mi cabeza palpitó en señal de advertencia, tal vez para recordarme su capacidad de hacer de la palabra asesinato un hecho real. Blondie me agarró inconscientemente del brazo y pensé: "Vale, tendré que moderar mi franqueza con ella. Hasta que repase mi defensa...".

—La manga de compresión es una creación reciente de mi marido —dijo después de respirar tranquilamente varias veces. Inclinó la cabeza hacia Ace, que adoptó una mirada orgullosa ante sus palabras.

—Uh —dijo el nerd, poniendo en orden sus pensamientos. Sin duda, pertenecía a la élite de la inteligencia. Sabía que la mayoría de la gente no podía seguir su línea de pensamiento, así que simplificó su prosa para nosotros. Son polímeros electro-activos.

Blondie se enderezó, mirándolo con incredulidad.

—¿Trabajas en materiales? —Preguntó, refiriéndose al campo de la ingeniería.

Ahora le tocó a él mirar con incredulidad. Tal vez no tenga que rebajar mis explicaciones, expresó con sus cejas alzadas. Parecía satisfecho y confundido.

Blondie se rio.

—¿Realmente has descubierto cómo controlar una respuesta eléctrica de los polímeros? Creía que eso era sólo teórico —dijo.

—Técnicamente lo es. Este prototipo es desconocido para la comunidad científica.

—Y no tenemos planes de hacer publicidad —añadió Shocker, observando a Blondie, desconcertada por el hecho de que esta chica supiera del tema.

—Comprensible —dije. Todos asintieron.

Ace continuó hablando con entusiasmo.

—Los polímeros se doblan y estiran como los músculos. La capa interior tiene sensores que intuyen el movimiento de las fibras musculares, indicando al material cómo contraerse o estirarse para ayudar. La funda añade una velocidad y una potencia considerables a sus golpes.

— ¿Fuente de energía? —Preguntó Blondie, poniéndose de pie y caminando para estudiar la manga con atención. Parecía metal líquido, negro-plateado, reflectante. Una pequeña cinta con cables salía de la parte superior de la manga en el hombro y se conectaba a su camiseta.

—Sorprendentemente, no requiere mucho voltaje. Así que diseñe esta camiseta de tirantes que convierte el calor del cuerpo en corriente continua. Esto alimenta la manga. Cuanto más caliente se pone, mejor funciona.

Decidí ignorar esa línea, el nerd no parecía entenderlo. Todos, menos él, se rieron. Miré la camiseta negra de Shocker, que estaba ceñida a su torso pero que no parecía estar hecha de nada especial. Parecía una camiseta gruesa y cara que se vería en un estante de Macy's.

Blondie volvió a sentarse a mi lado. Miró a Ace.

— ¿Tela de Potencia?

Él asintió impresionado. Ahora debía darse cuenta de que era una estudiante de ingeniería. Con su aspecto de Giselle engaña a todo el mundo. Miró sus manos, unos dedos largos y perfectos que parecían más adecuados para crear peinados que inventos mecánicos o electrónicos. Volvió a mirar su rostro expectante.

—Tejido basado en nanotubos de carbono. Crea una tensión a partir de una diferencia de temperatura entre la piel y la capa exterior de la camiseta. La energía térmica en un lado del material pone en movimiento a los electrones. Se ralentizan y se acumulan en el lado más frío, generando voltaje.

—Probablemente podrías cargar un móvil o hacer funcionar una linterna con él, ¿eh? —afirmó Blondie, golpeando con un dedo el labio inferior.

—Claro. Tal vez alimentar un portátil. Todo tipo de accesorios.

—¿Por qué sólo una manga? —pregunté.

Shocker me miró.

—Me dispararon en el hombro izquierdo mientras rescataba a mi hijo.

—Ouch —me solidaricé. Las balas son una mierda.

—Por supuesto. Se frotó el hombro. Treinta y seis. Me rompí el húmero. —Ace le apretó el otro hombro y ella le dedicó una sonrisa de agradecimiento—. Ace cree que el titanio de mi brazo es de lo mejor. ¿Verdad, cariño? —dijo. Le acarició el cabello.

—Sí, querida —murmuró como un idiota.

—Gran Hermano —refunfuñé en un acto reflejo, aunque por alguna razón no sentí el mismo asco por su drama que antes.

"¿Qué me está haciendo esta gente? No me importan" me dije a mí mismo, sin creerlo.

Resoplé con fuerza y, como un bostezo contagioso, Blondie olfateó a mi lado. La miré. Sonrió, con los dientes brillantes y perfectos. La nariz pertinaz se torcía ligeramente en la punta. Hoy sólo llevaba brillo de labios, ningún otro tipo de maquillaje. No lo necesitaba. Su cara, incluso con la cocaína y la cara recién cogida por el baño, sería la envidia de cualquier chica si estuviera en la portada de una revista. Miré su blusa, con unas tetas redondas y perfectas que sobresalían de un sujetador negro de encaje. Le saqué la lengua, jadeando, mirando su pecho como un pervertido en un club de striptease.

—Nena, me gusta cómo se ven tus tetas hoy. Es como si estuvieran dando un discurso, informando a tus enemigos que hay una nueva razón para odiar, y exigiendo doble atención de todos los que admiran la estética de un pecho de primera.

Puso los ojos en blanco y torció los labios para contener una sonrisa.

—Raz, el marcador está empatado. Lo arreglamos en el lavabo. Deja de intentar empezar más mierda sólo para que podamos discutir y luego follar de nuevo.

—Merece la pena intentarlo —sonreí. Me abofeteó por mi esfuerzo.

—Uh —pronunció Ace, pareciendo que iba a preguntar si necesitábamos privacidad.

—Vaya —dijo Bobby. Están locos hasta para ser blancos.

—Sí. Deberían tener su propio reality show —dijo Shocker con sarcasmo, repentinamente impaciente.

—Lo tuvimos —respondió Blondie.

—Deberías verlo —sugerí, ignorando su actitud.

Shocker me miró con desprecio. Le devolví una mirada exagerada y se rio. Miró a todos a su alrededor.

—No sé ustedes, pero estar aquí me ha conmovido. Todo lo que quiero hacer es ir a casa con mis hijos.

—¿Tienes varios hijos? —pregunté. Eso fue inesperado.

—Dos. Un niño y una niña.

Blondie se revolvió. Hice una mueca, recordando nuestra reciente conversación sobre nuestro futuro y la posibilidad de tener hijos. Ella quería uno. Yo no estaba preparado. No me exigió exactamente que eligiera o me fuera, aunque estuvo cerca. Por suerte, he podido distraerla con juguetes sexuales y drogas (Sí, me doy cuenta de que esto está mal. Vete a la mierda por señalarlo. Es que aún no estoy preparado para comprometerme, ¿sí?).

Me di cuenta de que mi chica quería interrogar a Shocker para que le diera detalles sobre sus ratas de alfombra, pero era reacia a entablar una conversación de chicas. A mí me funcionó muy bien. Estaba a punto de poner algo de música y sugerir a todos que se levantaran y movieran el culo, y que bebieran un poco más de cerveza, cuando el hermano de Eddy entró por la puerta principal.

—Bien. Ya están todos aquí —dijo Perry, cerrando la puerta. Entró y se detuvo junto a Shocker y Ace. Medía un metro ochenta, pesaba casi 150 kilos, tenía el pelo oscuro corto sobre una cabeza maciza, barba, brazos enormes que sostenían varias bolsas de comida, que se arrugaban contra los vaqueros Levi's y una sencilla camisa verde que anunciaba el Casino Beau Rivage. Era probablemente el mejor cocinero que he conocido, con su sonrisa poco mordaz y sus ojos oscuros y centelleantes entusiasmados por crear alguna extravagancia gastronómica que pesaba mucho en los sacos de Winn Dixie. Se tomó su tiempo para escudriñar a los cinco, con su presencia tan llamativa como siempre, recordando una vez más aquel día en el tribunal que hizo historia en la localidad.

—Si quieren comer, muevan el culo y desembolsen la compra —dijo sonriendo con auténtica alegría, y luego se dirigió a la cocina, sabiendo que haríamos lo que él nos pedía.

Con el estómago revuelto por la cocaína no tenía nada de hambre, pero sabía que debía comer algo. Suelo hacer seis comidas pequeñas al día, un régimen que mantiene mi metabolismo activo, quemando grasa y procesando nutrientes de forma mucho más eficiente de lo que lo haría un programa tradicional de tres comidas por día. Era difícil comer mientras volaba a toda velocidad, pero necesario. Agradecí que Perry se ofreciera a compartir el pan. Hacía demasiado tiempo que él, Eddy y yo nos sentábamos en esta misma casa atiborrándonos de cantidades ridículas de comida. No podría olvidar la calidad de la cocina de Perry y Eddy ni aunque tuviera Alzheimer. Comí aquí durante años cuando era adolescente.

—La hora del show, nena —dije, golpeando el muslo de Blondie, poniéndome de pie rápidamente para evitar su contra-ataque. Su gancho se desvaneció a centímetros de mi estómago, golpeando con fuerza el respaldo del sofá. Ella graznó al fallar.
—Ja —dije con malicioso deleite, bailando mientras ella me daba la vuelta. Me di la vuelta y me dirigí hacia fuera para tomar algunas bolsas de compra. Todos me siguieron. La carga del camión de Perry, un GMC del 49 trucado que casi brillaba en la oscuridad por la pintura naranja, se vació en minutos.

Con un graznido de satisfacción después de que los alimentos estuvieran colocados en la encimera de la isla, Perry se lavó las manos en el fregadero y se movió por la cocina como un mentor en Master Chef. Rebuscó en los armarios y cajones, cogió varias sartenes y utensilios y en pocos minutos la mezcla de salsas calientes, carnes marinadas y verduras frescas picadas nos embriagó.

La música empezó a sonar en el salón. My Girl, de los Temptations, acompañada por los chasquidos de los dedos de Bobby. Sonaban como chasquidos de rifles 22. Se movía como los legendarios miembros de la banda en el escenario, moviendo los brazos, inclinando los hombros, tarareando, con una cerveza fresca en la mano. Blondie soltó una risita, observándole durante varios minutos antes de unirse a su tarareo armonizador y a su baile.

Volví a mirar hacia la cocina. Ace y Shocker charlaban mientras lavaban las lechugas y los tomates y se los entregaban a Perry, que los cortaba para las ensaladas en una enorme tabla de cortar de madera montada en la encimera de la isla, con la cuchilla haciendo tat-tat-tat en su tremenda mano.

No estaba acostumbrado a lo que ocurría aquí, empezaba a sentirme extremadamente incómodo. La única vez que comía con un grupo de personas era en restaurantes, y todos eran completos desconocidos, no gente que me agradara.

"Pensé que no te agradaba esta gente," se burló mi subconsciente.

—Lo siento, cabrón —refunfuñe contra mí mismo y contra la situación. No me gustaba estar fuera de mi zona de confort. No era sólo el hecho de comer juntos. Era la camaradería, la mierda de la amistad y la buena voluntad. Prefiero pasar mi vida en compañía de mi perra y mi bicicleta. Me gustan las fiestas y las discotecas de vez en cuando (a quién no le gusta bailar, las drogas y una manada de marcas) pero esto era algo totalmente diferente. No había probabilidad de participar en esto. Se sentía como algo de alto mantenimiento, lleno de drama, y, la peor parte, estas personas no eran testigos prescindibles.

—Pero no puedo deshacerme de ellos ahora —suspiré.

Miré a mis nuevos conocidos, sometiéndome a regañadientes a la sensación de alienación que me invadía. Uf. Sentimientos. Entonces, cediendo lo último de mi cinismo, al menos no están publicando cada minuto de sus vidas en Twitter.

Perry se tomó un respiro mientras esperaba que las cosas se cocinen. Saludó para llamar la atención de todos.

—Tengo una sorpresa para todos —anunció—. Incluido yo mismo, ahora que lo pienso. —Se rio—. Yo tampoco lo he visto.

Todos murmuraron con agradable sorpresa, agolpándose en torno a Perry mientras éste encendía el televisor del salón, una pantalla de plasma Sony de cincuenta y cinco pulgadas. Cargó un DVD en el lateral y utilizó el mando a distancia para iniciar el vídeo. De repente, la enorme cabeza de mi entrenador llenó la pantalla, a un tamaño diez veces superior al natural. Era bastante inquietante. Parecía sano, algo mayor que la última vez que hablamos hace doce años, aunque básicamente el mismo bulldog dinámico con fuerza de gorila al que solía querer como a un padre. Ver su cara en el vídeo me hizo echarle más de menos que con la foto de la esquela.

¿Conoces esa sensación? Una mierda.

Eddy sonrió, con la mandíbula desencajada como si dijera: "¿Están preparados para esto?" Miró al frente, pareciendo saber que Perry estaría de pie en el medio, habiendo iniciado el video y retrocediendo.

—Gracias por encargarte de esto, Perry. Si las cosas funcionan, este equipo puede formar parte de tu vida. Dios sabe que te necesitan.

Las cejas de la sala se alzaron ante eso, los labios fruncidos o el ceño fruncido. Era una bomba. La idea de convertirnos en familia no había sido pensada, y mucho menos expresada. Y no lo habría hecho. Eddy, siempre poniendo a la gente en un aprieto, acaba de abofetearnos a todos con una presión aplastante para el planeta. En realidad, es difícil hacer que seis personas se sientan incómodas con un par de frases. Eddy lo hizo como si reiterara algo que había estudiado en el Libro del Destino, un oráculo sólo accesible para aquellos que son tan mundanos y conocedores de la humanidad como mi entrenador.

—Sin presión, ni nada —continuó. Otra sonrisa de listillo, luego se dirigió a la chica-bestia. Clarice. The Shocker. Eres mi logro más especial. Mi legado como entrenador es extraordinario por lo que lograste en el ring. Mi orgullo como mentor es grande por lo que has logrado como mujer, esposa y madre. Una empresaria.

Se quedó callado, buscando a tientas las palabras. Shocker moqueó, las lágrimas corrieron por sus mejillas. Todo el mundo se sintió más incómodo. Sentí que no debía escuchar toda esa mierda de cariño y no me entusiasmaba ser parte de ella. Resoplé, cambiando de pie.

Eddy miró a su izquierda, justo a mí.

—¡Razor! —ladró. Muchacho, necesitas que te golpeen el trasero por muchas razones. —Un fuerte suspiro—. Pero a pesar de todas las estupideces de tu vida, sigues siendo un buen muchacho. Hiciste que el viejo se sintiera orgulloso en innumerables ocasiones. Tuvimos una buena carrera en los amateurs, ¿no es así? Muchos recuerdos que atesoraré. Espero que tus hijos y protegidos te hagan tan feliz (y tan frustrado) como me hiciste sentir a mí. Has trabajado mucho, hijo. —Sonrió, y luego hizo unas cuantas combinaciones.

Le devolví la sonrisa hasta que me di cuenta de que Blondie me miraba de forma directa. Enarcó una ceja, inclinó la cabeza hacia el televisor, insinuando, y me di cuenta de que se había tomado a pecho la mención de Eddy a los niños. Como si me hubieran clavado un picahielos, mi sonrisa desapareció. Era difícil no mirar y maldecir la presencia virtual de Eddy. ¡Ese viejo cabrón!

—Fuiste un punto débil en mi vida —me dijo. Pero Pete Eagleclaw te enseñó bien. Te convirtió en la mente criminal que eres hoy. Su mandíbula se inclinó hacia un lado, y recordé que la expresión era la que usaba para exagerar o para el sarcasmo. El infame buscavidas conocido por todas las familias del crimen y bandas callejeras desde Florida hasta Texas.

Gemí, ignorando las miradas extrañas que recibí. ¡Ese viejo cabrón!

Eddy se puso serio.

—Aunque me alejé de ese estilo de vida hace dos décadas, el ladrón que hay en mí se encariñó con tus logros en la clandestinidad. Cuando me enteré de que habías renunciado, no me lo creí. Quería hacerlo, pero... no podía. Sólo sabía que ibas a terminar en la cárcel. Por una vez me alegré de estar equivocado. —Dio un suspiro de satisfacción, una sonrisa débil.

Miré a los demás, sintiendo vergüenza. Nunca nadie me había hablado así. Eddy sonaba como un padre de telenovela que se deshace en halagos tras reunirse con su hijo separado. Mi sistema no estaba preparado para procesar esta mierda. Se me cerraron los puños y juro que habría dejado noqueado a cualquiera que intentara abrazarme en ese momento.

Gruñí y traté de relajarme. Blondie mantuvo sabiamente una expresión neutral.

Eddy miró a mi lado, a Blondie, su asombroso conocimiento de nuestras posiciones era desconcertante. El hombre estaba muerto, y sin embargo nos hablaba como si estuviéramos realmente frente a él.

—Y mi hermosa Blondie. Tenía grandes esperanzas en ti después de que ganaras el Campeonato Mundial. Con tu golpe noqueador y tu belleza podrías haber sido una celebridad entre las celebridades. —Sacudió la cabeza con nostalgia—. Sin embargo, fuiste otra decepción. Al principio pensé que tu amor por Razor te cegaba, que estabas bajo su influencia. Pero cambié esa opinión. Fui yo el que se cegó; tu apariencia y tu personalidad dulce probablemente hayan engañado a innumerables ancianos como yo, ¿eh? Quién iba a pensar que eras una ladrona nata. Debo disculparme por intentar convencerte de que dejaras a Razor.

— ¡¿Te dijo que me dejaras?! —le espeté a mi chica. No pude evitar la sorpresa en mi rostro. Ella nunca lo había mencionado.

Me hizo un gesto para que me fuera, enjugando las lágrimas de sus grandes ojos brillantes. El shock se registró de lleno al ver esto. Ella nunca lloraba.

—Pensó que acabaría en la cárcel si me quedaba contigo —dijo, todavía mirando a Eddy.

Todos, menos ella, me miraron con desconfianza. Les fruncí el ceño y les señalé la televisión.

—Ahora que les he dicho a mis hijos lo que siento —dijo Eddy, dejando a un lado los rencores, podemos llegar al grano. —Se aclaró la garganta de la emoción, juntó las manos al frente. Todo lo que podíamos ver era su cabeza, sus hombros con su chaqueta de boxeo de Estados Unidos y una pared blanca detrás de él—. Hace un par de años empecé a trabajar en un proyecto con implicaciones de gran alcance. Se convirtió en algo peligroso y sabía que existía la posibilidad de que me mataran. De ahí el testamento y este agradable video. —Esbozó una sonrisa ladeada y volvió a ponerse serio—. Hay que hacer este trabajo. No se me ocurre un equipo mejor que ustedes para realizarlo. Yo podría encargarme solo de la mayor parte, reuniendo información y moviendo los hilos aquí y allá. Pero ahora estoy muerto. Olvídalo. —Se encogió de hombros—. Confié en que mis hijos retomarían el trabajo donde yo lo dejé. Todos ustedes están acomodados hasta el punto de que las ganancias monetarias les interesan poco. Todos están retirados de sus diversas profesiones, y probablemente están aburridos. Son demasiado jóvenes para viajar por el país en una caravana o jugar el resto de vuestros días en un campo de golf. —Hizo un sonido de disgusto ante ese pensamiento—. Entonces, ¿qué mejor herencia podría darles? me pregunté. Una oportunidad de marcar la diferencia en el mundo. Pueden hacerlo con este trabajo.

—¿Qué demonios es ese trabajo, entrenador? —gritó Shocker, frustrada de una manera con la que me sentía identificado. Sonreí.

—Sabía que ibas a preguntar eso. —Eddy la señaló. Se rio. Miré a Perry, pensando brevemente que se trataba de una especie de broma, que Eddy estaba vivo, en la habitación de al lado jodiendo con nosotros. Mi teoría de la conspiración se desvaneció—. Ahora es un asunto serio. El crimen organizado en nuestra Costa no suele ser nada importante, pero afecta a casi todo el mundo, aunque sea indirectamente. El problema es que se está desorganizando. Y eso significa graves problemas para todos, desde los políticos hasta las madres de familia.

—Las bandas callejeras vietnamitas son las culpables, pues invaden el territorio de todos, se apoderan de los chanchullos y los despilfarran sin miramientos. Están dificultando que la vieja mafia vietnamita mantenga la paz. Es un mal negocio —gruñó, y luego me miró—. Como criminal alfa de este grupo, estoy seguro de que te preguntarás por qué me importan los vietnamitas. La respuesta es complicada. Me importa mi casa, y eso incluye todo lo bueno y lo malo de ella. Toda la economía de la Costa. Piensa en cuántos negocios tienen la mafia vietnamita sus palillos metidos. Es sustancial. Si pierden el control de ese imperio a manos de estos matones de pantalones anchos y cabello engominado, se derrumbará, llevándose a todos los conectados con ellos. Se perderán cientos de puestos de trabajo. Tal vez miles. Los niños se quedarán sin hogar. La gente será asesinada. Las ramificaciones son imposibles de calcular.

—Podría calcularlo —murmuró Ace. Shocker le dio un codazo para que guardara silencio, como si estuviera revelando un secreto. Bobby le asintió con el ceño fruncido. Blondie y yo los miramos con curiosidad, de vuelta al televisor.

—Hay mucho más en esta historia. La conclusión es que la vieja mafia vietnamita sabe cómo cuidar el negocio. Claro, trafican con droga, trabajan con prostitutas, blanquean dinero y evaden impuestos. Todas las cosas buenas. Pero lo hacen de forma económica. Todos se benefician. Estos nuevos muchachos no tienen ni idea. Y, para añadir gasolina al fuego, están rompiendo treguas con las bandas negras. Golpeando, haciendo asaltos y tonterías por el estilo. No respetan lo que queda de la Mafia Dixie ni a los italianos, y están a punto de entrar en guerra con La Familia, la última familia del crimen que ha reclamado una parte de nuestro territorio. —Su hosca mueca mostraba lo que sentía al respecto.

—¿La gente de El Maestro? —dijo Shocker con inquietud. Ace y Bobby parecían ciervos atrapados en los faros. Shocker me miró—. No me gustaría estar en medio de una guerra con ellos.

—¿Conoces a El Maestro? —le pregunté. Esta chica sí que se mueve. No me sorprendió que conociera al líder de un importante cártel de la droga. Ha boxeado profesionalmente en todo México y en una docena de países dirigidos por el crimen organizado.

—Por desgracia —refunfuñó.

—Los pandilleros Two-Eleven son los principales instigadores —nos informó Eddy—. Tienen aliados de bandas similares. Todos ellos carecen de cerebro, aunque tienen el músculo y la audacia para causar graves daños, posiblemente incluso para hacerse con el control de la Mafia. No podemos permitir que eso ocurra.

Eddy hizo una pausa para considerar una conclusión a su último deseo. Reflexioné sobre cómo podía afectarme todo esto a mí, a mi perra o a mi moto, y si me importaba siquiera. Con una claridad asombrosa me di cuenta de que sí me importaba. Este era mi hogar. Mi terreno de juego. La idea de que se convirtiera en algo más peligroso no me molestaba lo más mínimo: era perversamente emocionante. Aunque sabía que, a la larga, sería demasiado para lidiar con ello. Ya teníamos suficientes borrachos, drogadictos e idiotas. Y no quería ver a ningún niño sufriendo, hambriento o traumatizado porque sus padres hubieran perdido el trabajo o la casa o hubieran sido apaleados por algún gánster con un AK y sin coeficiente intelectual.

"No querrías criar a tus hijos en un lugar así, ¿verdad?" me echó en cara mi subconsciente.

No pude mantener mi expresión neutral. Blondie me miró, con pensamientos similares pasando por su bonita cabeza. Nos miramos fijamente a los ojos, sin necesidad de palabras, ya que nuestras mentes se agitaban con los mismos engranajes. Vio que estaba preocupado, algo poco habitual en mí, y supo que no era aprensión por los matones armados. Dedujo que mi preocupación se refería a nuestro futuro y a todo lo que ello conllevaba. Se dio la vuelta y me abrazó, asumiendo demasiado para mi comodidad. Mis puños se cerraron de forma autónoma. Quería maldecirla por la presión que me roía los huesos. Quería azotarla. Pero al final me limité a suspirar de aceptación y a devolverle el abrazo.

"Huele muy bien," señaló mi amigo.

Nos soltamos y volvimos a mirar la televisión. Shocker y Ace estaban cogidos de la mano. Eddy tenía una mirada taimada, de maestro frente a una cámara, haciendo gala de sus años de experiencia de ser filmado en promociones de boxeo.

—Su misión, si deciden aceptarla —dijo en tono formal—, es neutralizar a los Two-Eleven, a sus aliados, y restaurar la vieja mafia vietnamita en el poder. Como siempre —se rió—, si los detienen, negaré cualquier relación con ustedes o con la misión. Este mensaje se autodestruirá en cinco segundos. —Se acercó a la cámara y la golpeó de repente.

La pantalla se quedó en negro y todos nos reímos. Excepto Shocker. Se lanzó hacia delante, pulsó OPEN en el reproductor de DVD, esperó impaciente a que la bandeja se expulsara y sacó el disco humeante, con gritos de sorpresa que resonaron en el alto techo mientras lo lanzaba al pasillo. Aterrizó en las baldosas, apenas sin tocar una costosa alfombra, y el humo y el plástico quemado llenaron el aire. La cordita del disco habría encendido la alfombra bajo nuestros pies. La chica era una pensadora rápida. Mi estima por la leyenda aumentó un poco más.

Suspiró, se limpió las manos en los calzoncillos y se volvió para mirarnos. Se encogió de hombros.

—El entrenador nunca dejaba ninguna prueba incriminatoria.

Blondie y yo compartimos una mirada de sorpresa

—Pete Eagleclaw —dijimos juntos. Nuestro mentor de ingeniería hizo ese DVD para Eddy.

¿Qué demonios?

4

EL PRIMER TRABAJO DE EQUIPO

Era demasiada comida. La mesa era de doce comensales en el espacioso comedor, con el suelo blanco brillando y reflejando tenuemente las paredes verde oscuro, lisas a excepción de un cuadro de paisajes marinos que colgaba detrás de Perry en la cabecera de la mesa. Los seis estábamos espaciados uniformemente, Bobby frente a Perry en el otro extremo, Blondie y yo frente a la chica-bestia y al nerd. El rock de los 70 sonaba en el salón, los riffs de guitarra hacían que mi pie golpeara y mi cabeza asintiera sin pensar. Una docena de manos hambrientas se apoderaron de sartenes y cuencos llenos de delicias humeantes. Las pinzas de cangrejo y los espárragos se pasaban amablemente, la mantequilla derretida convocaba la tan apreciada saliva en mi boca seca. Comimos filete de costilla picado en envoltorios de pita, y los crujientes ingredientes de la ensalada y el queso cheddar cayeron en mi plato después de cada bocado. Lo devoré todo. La comida superó a la droga y empecé a sentirme privilegiado por estar aquí.

Bebí té dulce de un vaso alto, sin poder evitar comparar los hábitos alimenticios de las mujeres. Blondie se tomaba su tiempo entre bocado y bocado, hablando y riendo con Perry, Bobby, y se comía tal vez dos tercios de su plato. La chica-bestia era todo negocio, sin hablar, habiendo comido su envoltorio de filete tan rápidamente como yo, mirando otro mientras cortaba espárragos en trozos del tamaño de un bocado. Perry y Bobby, ambos gigantes, eran capaces de hablar mientras consumían porciones desmesuradas.

Perry se levantó y se excusó, volviendo un momento después con una pila de carpetas manila, archivos de aspecto importante de un centímetro de grosor. Me di cuenta de lo que debían ser justo cuando habló.

—Archivos sobre el proyecto de Eddy —dijo. Hojeó uno al azar—. Parecen fotos de individuos, casas y negocios. Muchas notas detalladas. Este era un año de trabajo, por lo menos.

Shocker y yo los alcanzamos al mismo tiempo. Agarramos un extremo de la pila y tiramos, sin querer soltar ninguno de los dos.

Perry sonrió y nos dio un manotazo en las manos.

—Me quedaré con estas por ahora, hasta que se arregle.

La miré, tratando de proyectar razón.

—Es poco probable que alguien en esta sala sepa más que yo sobre la clandestinidad de Vietnam.

Blondie se cruzó de brazos y miró a Shocker, con los labios fruncidos en actitud de "deja que mi hombre dirija esta mierda". Bobby y Ace parecían indecisos, evidentemente acostumbrados a seguir a la chica-bestia, aunque sabiendo que lo que decía era cierto. Shocker parecía haber comido algo asqueroso. Señaló con la cabeza a Perry, que se alegró antes de poner las carpetas delante de mi plato.

Me limpié las manos. Cogí la carpeta de arriba y la abrí, sin intención de leerla todavía.

—Lo que Eddy dijo sobre los OG (Original Gangster) era correcto. Se encargan de los negocios y se aseguran de que no se produzcan tonterías innecesarias en sus empresas. Pero no estoy de acuerdo con lo que ha dicho sobre los Two-Eleven y sus aliados. —Cerré los archivos.

— ¿Qué quieres decir? — dijo Bobby, apartando su plato, limpiándose la boca y las manos.

—No todos son cabezas de chorlito. Algunos son muy inteligentes.

¿"OGs"? Son los líderes de la mafia del Viejo Vietnam, ¿no? —Ace quiso aclarar.

—Correcto —dije—. Conozco a uno de los OGs. Él puede ayudarnos. Pero no puedo ir a verlo sin una escolta. —Miré a mi chica.

—¿Grandes armas? —Blondie levantó una ceja perfecta, golpeando una servilleta en sus labios carnosos.

Asentí con la cabeza, cerrando el puño para no meter la mano bajo su camia.

—Mándale un mensaje, ¿quieres? Tenemos que organizar una reunión con Trung.

Shocker frunció el ceño.

—Ese nombre me suena.

—Trung es uno de los nombres vietnamitas más comunes, aunque este tipo no tiene nada de común. Dirige la Familia del Dragón.

—Parece un gran negocio —dijo Shocker.

La miré.

—La Familia del Dragón es enorme, con muchos subconjuntos y miles de miembros en la mayoría de las grandes ciudades. Sus homólogos, la Sociedad del Tigre, son igual de poderosos y omnipresentes. Los Two-Eleven son un subconjunto de la Sociedad Tigre.

—Eso parece algo que se vería en la televisión, no por aquí —declaró Perry.

—Son muy reales. Esas organizaciones se dedican en gran

medida a negocios legales, pero tienen numerosas facciones implicadas en todas las actividades delictivas que puedas imaginar, y más. Piensa en toda la cocaína, la marihuana y el éxtasis de la Costa. Estos tipos han sido los principales proveedores y distribuidores durante más de una década y, sin embargo, rara vez se oye hablar de que hayan sido detenidos. Son inteligentes. Pagan a la Brigada de Antidrogas para evitar las redadas, y normalmente consiguen que sus hombres se libren de las consecuencias, si los detienen. Se ocupan de los suyos.

—¿Así que están organizados con vastos recursos y mano de obra, y nosotros cinco vamos a azotarles y a limpiar su desorden? —dijo Shocker en un tono más juguetón que escéptico. Bobby y Ace la miraron y sonrieron.

—Nosotros seis —corrigió Perry. Shocker le sonrió.

—No tengo nada mejor que hacer en este momento —respondí, tratando de no mostrar lo emocionado que estaba. Esto prometía ser una perra complicada, peligrosa, y no podía esperar para empezar. Me froté las manos. Blondie, adicta también al peligro, sonrió y se retorció a mi lado. Puse mi mano en su pierna y la apreté. Ella la pellizcó alegremente.

Perry levantó su vaso de té.

—Por el proyecto de Eddy. Que la misión de ese bastardo no haga que nos maten a todos. —Las sonrisas y las copas se alzaron alrededor de la mesa.

Shocker bebió y miró a sus muchachos.

—Espero no arrepentirme de esto. Todavía no estoy seguro de seguir al Presidente de los Estados Unidos de América. —Me hizo un gesto con el pulgar.

Eché los hombros hacia atrás, me alisé la parte delantera de la camisa y me alisé una corbata imaginaria.

—Señor Presidente, perra —dije en tono rebosante.

Perry insistió en limpiar los platos, y todos le dimos las gracias por la exquisita comida antes de salir por la puerta principal, las chicas abrazándole, los muchachos agarrando su mano. Él nos la tendió.

—Manténganme informado. Cuando necesiten primeros auxilios o algo de músculo extra ya saben dónde encontrarme.

—Lo haré. —Dije estrechando su mano. Me giré para ir hacia mi moto. Recordando algo, me giré de nuevo, con cara de disculpa—. ¿Sabes del baño del pasillo?

— ¿Qué pasa con eso? —Perry frunció el ceño.

—Desinfecta el fregadero.

—Malditos niños —murmuró, cerrando la puerta.

El camino de entrada parecía que nos estábamos preparando para un evento de Cruisin' the Coast. Shocker, Ace y Fortachón salieron del garaje en un El Camino del 59, rojo y gris, con ruedas de 20 pulgadas. La puerta del garaje bajó y se cerró. El sonido del motor me dio ganas de correr hacia el capó. El monstruo de bloque grande que había debajo, con al menos 550 CV, acariciaba cada parte de mí que ama ir rápido.

Blondie admiraba el carro de Shocker con esa mirada celosa y envidiosa a la que no estaba acostumbrado, pero que empezaba a gustarme. Me recordaba a los días antes de conocerla, cuando las chicas competían por mi atención, haciendo todo menos cortarse el cuello unas a otras. Ah... bonitos recuerdos.

El Ford '52 de Blondie era una máquina hermosa, el púrpura oscuro brillante, los tonos fluidos reflejando las estrellas en el cielo negro. Se subió y cerró la puerta. Arrancó y aceleró el motor Ford Racing de 600 CV, con los silenciadores Flowmaster turbo rugiendo, vivo y buscando ansiosamente su toque en el acelerador.

Mi sonrisa decidió que era permanente. Saludé a Blondie e hice un gesto para que bajara la ventanilla. Le entregué los archivos de Eddy y luego sostuve mi bolsa de cocaína abierta frente a sus tetas. Mi meñique salió disparado y le robó un cosquilleo. Una larga uña verde golpeó mi mano, luego desapareció en la bolsa, hasta su nariz, olfateó el bulto delicado y preciso. Me lanzó un beso, me hizo un gesto de despedida, y yo cargué dos grandes bolsas para mí antes de embolsar la droga, ponerme el casco y montar en la Suzuki.

— ¡Aquí vienen los problemas! —Advertí al público.

— ¿Dónde está el garaje? —Me gritó Shocker.

—En la noventa, en Pass Christian.

Ella saludó, ejecutó un giro de tres puntos con facilidad, los gordos tubos de escape dobles del El Camino ventilaban una gran leva al cambiar de marcha, el sonido ensordecedor mientras corría por el largo camino de entrada, hacia la carretera junto a la playa, Blondie pisándole los talones.

Deleitándome con el fresco goteo que violaba mis sentidos, tuve que hacer un gran ejercicio de contención para no dejar marcas negras en el cemento, acelerando tras las dos locas que seguramente atraerán a todos los agentes de la ley de aquí al condado de Hancock.

Nos topamos con un semáforo en rojo en el cruce de la autopista 90 con la avenida Washington. El F100 y el El Camino se alinearon uno al lado del otro en la ancha franja blanca. Me detuve varios metros detrás de ellos para evitar que salieran despedidos los restos de sus enormes neumáticos. Las chicas se miraron, los perfiles un collage de rojos, amarillos, del juego de luces, los ojos indistintos, aunque abstractamente determinados. No perdían de vista el tráfico, anticipando el destello verde que daría inicio al arrancón.

¿Qué tienen los semáforos en rojo que hacen que queramos echar una carrera al conductor de al lado? Era un placer emocionante, sin duda, pero que no debían permitirse en ese momento. Shocker y Ace eran grandes fugitivos, y Blondie no era precisamente querida por el calor local. Me limité a sacudir la cabeza, asombrada por la energía que tienen las mujeres cuando compiten entre ellas. Y tienen el valor de burlarse de los hombres que hacen cosas increíblemente estúpidas en nombre del estatus. Un misterio.

Blondie había reconstruido el 429 en el Ford ella misma, y estoy dispuesto a apostar que The Shocker había fabricado todo su El Camino. Si no recuerdo mal, solía tener un taller mecánico en Woolmarket, Custom Ace, antes de que ella y su marido fueran encarcelados hace cuatro años. Estas dos malditas locas ya habían disputado sus habilidades de lucha. Ahora van a disputar sus habilidades de Quién es el Mejor Constructor y Conductor.

Mi amigo decidió que no necesitaba sexo para estar en el Cielo y se hinchó de euforia divina mientras los dinámicos ángeles dejaban ridículas y largas marcas negras a lo largo de la intersección, con la luz verde desdibujada por encima mientras yo hacía un caballito tras ellos, riendo como un loco.

El puente de Fort Bayou estaba a unos 400 metros por delante, al pie del mismo, una línea de meta perfecta para su carrera. Evidentemente, las chicas no se conformaron con un empate, y cruzaron el puente sin pensar en frenar, sorteando varios coches, con los cláxones ahogados por el rugido de los tubos de escape de los dos grandes bloques, con ondas sonoras que se disparaban sobre el agua oscura.

Mis neumáticos golpearon la rejilla del puente levadizo, los Pirelli traseros perdieron momentáneamente la tracción sobre el acero, el motor de la moto se aceleró, la goma volvió a agarrar firmemente, haciendo saltar el tren delantero mientras rodaba sobre el hormigón una vez más.

—¡Sr. PRESIDENTE, PERRA! —grité en mi casco, cambiando de marcha.

Los amplios carriles ofrecían mucho espacio para maniobrar alrededor de los pocos vehículos que salían a esta hora de la mañana. Numerosos comercios, centros médicos y gasolineras pasaban a toda velocidad, trazos periféricos que recordaban a un gran viaje de ácido. Un rápido vistazo al velocímetro me dijo que íbamos a 140 mph, las chicas justo delante de mí, codo con codo, sus bólidos igualados. Ambos tenían suspensiones de tipo NASCAR, neumáticos anchos y una aerodinámica que adoraba las altas velocidades, las curvas complicadas y mucho valor al volante.

Una curva adelante se inclinaba suavemente hacia la derecha, una intersección importante con el bulevar Lemoyne perpendicular a ella. A pesar de lo peligroso que era, no me preocupaba. Sin embargo, la subestación del sheriff que teníamos que pasar para llegar allí sí lo hizo. Nuestro trío de 200 km/h pasó por la estación con suficiente ruido como para rivalizar con el boom sónico de un avión de combate, seguramente despertando a los comedores de rosquillas que se hacían llamar diputados. La intersección tenía unos pocos coches, ninguno en nuestro camino, las luces rojas apenas registradas en mis sentidos, una recta que mostraba la Interestatal 10 a escasos segundos de distancia. Speedway a la derecha, Denny's a la izquierda, las luces de freno de las chicas brillando mientras reducían la velocidad para la rampa de entrada.

Cuando me incliné para seguirlo, giré la cabeza y vi las barras luminosas de varios Crown Victoria que corrían en nuestra dirección, muy por detrás de nosotros. "Aw. Los cerditos no pueden seguir el ritmo de los cerdos grandes". Con los ojos al frente, me incorporé a la interestatal, con la mandíbula empezando a acalambrarse por mantener una sonrisa apretada.

Era la 1:00 a.m., el tráfico era escaso, pero no estaba del todo despejado. La gran Hayabusa vibraba agradablemente en sexta marcha, con las RPM a 9.000 y subiendo, acercándose a los 240 km/h, con la visión oscilando por los vientos que golpeaban el amplio carenado del motor de la moto. Era una tarea concentrarse en lo que tenía delante y no en lo que tenía justo delante. Mantener la visión de la velocidad es intrínseco a las carreras de cualquier tipo. Un corredor en la flor de la vida tiene la capacidad cognitiva de manejarla durante mucho más tiempo y con mayor precisión que una persona que ya ha pasado su edad ideal para pensar. Un joven corredor con experiencia puede ir realmente al límite, mantenerse por delante de la competencia, al límite, si tiene la seguridad en sí mismo y la audacia, el deseo, de ser superior a todos los demás a toda costa. Los que temen las lesiones llegan los últimos.

Sentí que esa audaz emoción corría ahora por mis venas y supe que los ángeles que estaban frente a mí debían sentirla aún más fuerte, ya que estaban en plena competición. El subidón podía ser extremadamente agotador; los pilotos de la Indy y la NASCAR pierden hasta dos kilos durante una sola carrera. Sin embargo, teniendo en cuenta la condición física de Blondie y Shocker, no creía que la fatiga fuera a ser un problema... Pero el policía estatal que acabábamos de pasar era un asunto diferente, un asunto potencialmente peligroso.

Al soltar el acelerador, reduje la velocidad a 120 km/h, lo cual me pareció que era 10 km/h después de ir a 100 km/h. Me metí en el carril derecho entre un Peterbilt y un sedán, permitiendo que el policía me alcanzara y me adelantara. Volviendo al carril de la izquierda, pulsé un botón en la empuñadura que apagaba mis luces, ensombreciendo el faro y la matrícula para que el policía no me viera venir detrás de él ni tomara nota de mi matrícula mientras pasaba a toda velocidad.

Con la mano izquierda desenfundé mi navaja de afeitar y abrí la hoja. Reduje la marcha y aceleré por detrás y luego junto al Crown Vic del policía, con la pierna izquierda casi tocando la puerta derecha del pasajero. Gruñí y bajé la cuchilla, atravesando el neumático trasero, e inmediatamente me incliné hacia la derecha para evitar que el coche se estrellara contra mí, con el neumático destrozado y la goma volando en

todas direcciones, salpicando a los coches del carril de la derecha, cuyos conductores me miraron con incredulidad. Enfundé
mi espada, saludé a mi público y volví a encender las luces,
volviendo a acelerar, la luz del policía minúscula y desvanecida
en mi espejo mientras intentaba alcanzar a las chicas.

Mi pecho se apretó con orgullo contra el depósito de
combustible. Solté una risa tonta. ¿Por qué demonios dejé de
hacer esto? Se me da tan bien.

Resoplé, tragué y sacudí la cabeza.

No fui capaz de alcanzarlo, con casi un kilómetro de retraso
después de neutralizar al policía. Salí a Pass Christian, fui hacia
el sur hasta la autopista 90 y llegué al aparcamiento en cuestión
de minutos. Tenía seis pisos, en la esquina de una calle residen-
cial que terminaba en la autopista. Un par de robles erizados en
la mediana de la parte delantera, oscura y estéril a los lados. Un
terreno vacío en la parte trasera lo separaba de un complejo de
apartamentos de reciente construcción. El tráfico era sorprendentemente denso en los cuatro carriles que me separaban de la
playa, con la luna parcialmente cubierta por nubes negras sobre
el Golfo.

Empecé a girar hacia la entrada del garaje, pero frené rápidamente, con los pies tocando el asfalto, y giré la cabeza para
ver a Blondie y a Shocker hablando con un niño que llevaba
una especie de valla publicitaria en la cabeza, con el cuadrado
de madera contrachapada colgando desde el cuello hasta la
punta de los zapatos. Los dos tenían expresiones de «pobrecito»
inclinándose para escuchar al muchacho quejarse de algo.

—Joder. ¿Qué demonios es esto ahora? —Suspiré, irritado
porque la carrera electrizante había terminado y volvíamos a
tener sentimientos.

Puse la moto en su caballete, desconecté el encendido y me
guardé las llaves. Me quité el casco, lo enganché en el manillar
y aspiré profundamente el aire fresco del mar. Caminé hacia las

mujeres. Doblé la esquina y me detuve en seco. El cuerpo montañoso de Bobby estaba junto al físico de Ace, con las espaldas apoyadas en el hormigón gris de la pared del primer piso, observando la escena con diversión. Hice un gesto.

— ¿Cuál es el asunto?

Bobby sonrió.

—El padre de ese muchacho le obligó a estar junto a la carretera con ese cartel. Las señoras se ofendieron.

No podía ver el cartel desde aquí.

— ¿Qué dice?

Ace frunció el ceño y dijo: "Miento, robo y vendo drogas".

—¿De verdad? —Sonreí y me metí las manos en los bolsillos—. Mi tipo de muchacho.

Bobby me sacudió la cabeza con decepción.

—Ese muchacho va a acabar en la cárcel. —Frunció el ceño al pensar en ello—. El padre debe de ser un auténtico pavo de feria. No se avergüenza públicamente a sus hijos de esta manera. Para empezar, es culpa de los padres que ese muchacho mienta e infrinja las leyes.

—Tiene sentido —asentí, incapaz de ofrecer ninguna idea. Nunca he sido padre ni he hecho de padre.

Volví a mirar al muchacho. Señaló hacia el fondo del garaje, con la cabeza gacha en señal de culpabilidad, y las dos chicas miraron en esa dirección con la jeta furiosa. Le quitaron el cartel de su cuello y lo dejaron caer. Shocker le cogió de la mano y marcharon rápidamente alrededor del edificio con un propósito.

—Uh-oh —dijo Ace sonriendo—. Conozco esa mirada.

—Sí. —Igualé su alegría—. Alguien va a conseguir un ajuste de actitud.

—Vamos —dijo Bobby, con los dientes blancos y brillantes en las sombras. El padre debe estar atrás. Lo bloquearemos si intenta escapar.

Seguimos al gigante por el otro lado del garaje, nos asomamos a la esquina y vimos un coche aparcado en el terreno vacío, un Nissan Sentra color canela, con un hombre de mediana edad en el asiento del conductor. Vio a las mujeres y a su hijo acechando hacia él, se bajó y se puso de pie con las manos en la cintura como si fuera a imponer algún tipo de autoridad sobre la situación. Tuve que taparme la boca con una mano para contener un grito de risa.

—¿Eres Greg, el padre de este muchacho? —preguntó Shocker, los tres se detuvieron justo delante del hombre, que cerró la puerta, apagando la luz interior.

—Sí. ¿Qué haces con Carl? —respondió en tono argumentativo. Medía unos dos metros, dos sesenta, un tipo de toda la vida dedicado a la pizza y la cerveza, con un espeso pelo negro rizado sobre las orejas, brillante por las luces de la calle que iluminaban el solar.

La furia de Blondie era un espectáculo para la vista. Se acercó un paso a Greg.

—La pregunta es: ¿qué haces con Carl? Pedazo de mierda —gruñó—. ¿Tienes idea del daño que le estás haciendo a tu hijo? Va a estar jodido con medicamentos psicológicos para el resto de su vida por culpa de tu ignorante culo.

Estoy bastante seguro de que sus revistas de Psychology Today no decían eso exactamente, pero su versión era mucho más efectiva a la hora de transmitir el punto, ¿no?

Greg hinchó el pecho.

—Ahora, eso no es asunto tuyo, quienquiera que sea...

¡Crack!

La bofetada de Blondie fue casi demasiado rápida para verla. La gran cabeza de Greg se inclinó hacia un lado, se tambaleó, y Shocker se lanzó con un derechazo a su barriga de pepperoni y queso extra, gruñendo mientras se clavaba profundamente en él. Ella se repone, gritó, con la voz cortada al fallarle la respiración, doblándose, con el brazo disparado para agarrar el coche como apoyo. Las rodillas crujieron dolorosamente en la grava. Los ojos del muchacho se abrieron de par en par. Me reí, y Ace y Bobby hicieron lo mismo. Las chicas y Carl nos miraron. Nos acercamos para unirnos a la fiesta.

Greg, tratando de mantenerse en equilibrio mientras estaba arrodillado, tosió dolorosamente, con la cara de color dorado a la luz. Las dos chicas se pusieron a su lado con los puños apretados, obviamente queriendo hacerle algo peor. Como estaban demasiado implicadas emocionalmente, decidí ser la voz de la razón en la situación. El muchacho había sido disciplinado, aunque no había aprendido la lección. Tenía que saber que le pasaría algo peor si volvía a hacer algo así. Y además, esta era una gran oportunidad para ganar algunos puntos con mi chica, hacerla ver que sí tengo corazón cuando se trata de niños.

Me acerqué a Greg, le puse un pie en la espalda y lo empujé boca abajo al suelo. Maldijo con un suspiro. Me incliné y saqué su cartera del bolsillo trasero. La abrí. Saqué el carnet de conducir. Saqué la BlackBerry de mis pantalones. Saqué una foto de su carné, la volví a meter en la cartera y la tiré al suelo. Le hice un gesto a Bobby y él tomó felizmente a Greg como si no tuviera nada de peso. Me puse en la cara del imbécil.

—Escucha, amigo. Tienes suerte de que estas señoras no se pongan una corbata colombiana. Si tu hijo no se beneficiara de ver cómo te matan a golpes —sonreí de forma maliciosa— sería otra historia. Puedes dar gracias de que no haya literatura pro-parricidio por ahí.

Blondie suspiró detrás de mí y pensé: «Bien, quizá podría haberlo expresado de otra manera».

—Sin embargo, no soy tan indulgente. Si tengo que darte una corrección recibirás mucho más que una bofetada y un golpe en las tripas. —Hice una finta en su cara. Se estremeció y empezó a temblar—. Tengo los datos de tu identificación y pienso vigilaros a ti y a Carl. —Me volví hacia el muchacho—. ¿Cuántos años tienes? —dije.

—Doce —murmuró con la cabeza baja.

—Mírame. —Levantó la vista, con los ojos marrones muy abiertos bajo un mechón de pelo rubio sucio. Nariz y barbilla fuertes, pecas en las mejillas y un ojo morado, la verdadera razón por la que las chicas estaban tan indignadas. Pensaba darle un sermón sobre la venta de droga más tarde, y el ABC del robo. Pero tenía otra cosa en mente por ahora—. ¿Quieres trabajo?

Miró a su padre. De vuelta a mí.

—Supongo que sí.

—¿Ves este garaje? —Asintió con la cabeza—. Es de mi propiedad. Necesito a alguien que lo limpie dos veces por semana. Barrerás ocho horas al día los lunes y los viernes por doscientos dólares.

—Y cuando vuelvas a empezar el colegio, ya pensaremos en otro horario, cariño —le dijo Blondie, acariciándole el pelo.

Le sonreí, "¿va a la escuela?" Carl tomó aire y se lamió los labios.

—Ven a verme aquí, en el último piso, el próximo lunes a las siete. ¿De acuerdo? —Asintió con la cabeza, con los ojos muy abiertos de nuevo. Me volví hacia Greg—. ¿Te parece bien, papá?

—Yo...

—Cállate. —Le di una bofetada—. No te estaba preguntando. —Me quedé de pie, inseguro, por un momento, pensando rápidamente. Miré a Blondie, que me lanzó su mirada de «¿Y?» como si me estuviera olvidando algo. Lo único que se me ocurrió fue algo que vi en la televisión sobre los niños que se quedan despiertos hasta muy tarde. Ya había pasado la hora de acostarse de este chico, ¿no?

—¿Por qué Carl no está en la cama? Son casi las dos de la mañana —dije.

—Es complicado —murmuró Greg, haciendo una mueca, masajeando su mejilla.

—No, tratar de orinar con el pito parado en la mañana es complicado. Asegurarte de que tu hijo duerme bien por la noche es sencillo. —Otra mirada a Blondie me valió un asentimiento de aprobación suficiente. «Contaré eso como que me debe una», pensé, concentrándome de nuevo en el imbécil. Asentí a Bobby. Él soltó a Greg y se cruzó de brazos.

Miré el coche, a punto de alejarme, y vi un bote de pintura en spray en el asiento trasero. Negro brillante que había sido utilizado para hacer el cartel de la vergüenza. Sonreí con maldad. Abrí la puerta y lo cogí.

Mientras volvíamos a la entrada del garaje, sonaron repetidamente los cláxones de los automovilistas que pasaban junto al hombre que estaba de pie en la mediana con un cartel colgado del cuello. «AVERGÜENZO A MI HIJO EN PÚBLICO - *TOCA LA BOCINA SI SOY UNA PUTA*» estaba pintado en negro brillante en el nuevo cartel de la vergüenza. Greg estaba de pie, con el pelo revoloteando alrededor de su cara avergonzada y humillada. Carl, sentado en una rama en lo alto de un roble, miraba a su padre con una sonrisa de satisfacción.

—Bueno, yo diría que nuestro primer trabajo como equipo ha sido un éxito —dijo Ace con satisfacción. Su andar larguirucho me recordaba a una mantis religiosa.

Me senté a horcajadas sobre la Suzuki.

—Es la cuarta vez que tengo una erección esta noche.

—¿Cuarta? —preguntó Blondie. Todos se detuvieron para escuchar. Shocker me miró la entrepierna para, presumiblemente, ver que tan en serio hablaba.

—Sí. —Hice una lista con mis dedos—. Primero, un

tirador de metanfetamina intentó robarme antes de encontrarnos en lo de Eddy. —Miré a Shocker—. Lo controlé —le dije—, haciendo un "check-hook" —el mismo movimiento que ella había utilizado para desarmar a Blondie. Me volví hacia mi chica—. Luego tuve el placer de luchar contra la chica-bestia.

—¡Oye! —Shocker echaba humo—. ¡¿Chica-bestia?!

Le di mi sonrisa de Sr. Buen Tipo número uno y levanté un tercer dígito, que resultó ser mi dedo medio. Sus labios se fruncieron y sus ojos se entrecerraron. Tercero, tuve que pinchar la rueda de un policía, porque ustedes dos, locas, tenían que ver quién tenía el mejor par de tetas al volante.

Ella y Blondie se miraron, al cielo, al suelo, Shocker ligeramente avergonzada, Blondie sonriendo. Supongo que mi chica ganó esa ronda. Blondie: 1. Shocker: 1.

Cuatro dedos.

—Luego tuve que abofetear a un mal padre y ofrecer un trabajo a un chapero juvenil. —Inhalé profundamente. Suspiré—. Gracias por una noche muy estimulante, señoras y señores.

—Todavía no ha terminado, Babe. —Blondie me mostró su teléfono: Un mensaje de Big Guns—. Estará aquí en cinco.

—Maravilloso.

Todos subieron a sus respectivos vehículos. Subimos por las rampas, con las luces fluorescentes brillando en todos los pisos, el cromo de nuestras máquinas brillando en los coches que llenaban los tres primeros niveles, el escape ensordecedor en el espacio reducido. En los dos niveles siguientes había pocos coches, ya que las secciones estaban reservadas para el estacionamiento de larga duración. Me detuve al final de la rampa del nivel superior y pulsé un botón de mi teléfono. Se oyó un fuerte ruido metálico procedente del interior de los muros de hormigón, y los pernos de acero forjado se retrajeron. La puerta acorazada que teníamos delante se abrió en un ciclo de izquierda a derecha. Otro ruido seco cuando se detuvo, abierta. La luz de la luna y las estrellas nos saludaron mientras subíamos y salíamos al techo.

La planta superior no era para aparcar; era nuestro patio de recreo. Aquí guardábamos varios juguetes y manteníamos tres estaciones de trabajo que utilizábamos para construir desde plantillas de soldadura hasta sofisticados robots. Dos cobertizos de acero, de seis metros cuadrados cada uno, se encontraban a ambos lados de una zona de picnic con toldos, con focos que iluminaban dos largas mesas con bancos y una parrilla de gas, todo de acero inoxidable brillante. Detrás había una torre de bloques de hormigón de cuatro metros, un pequeño observatorio con un telescopio de gran potencia y equipos de infrarrojos y ultravioleta. La llamábamos nuestra «Torre del Viaje».

¿Has visto alguna vez estrellas fugaces con ácido? Pon LSD y telescopio en tu lista de cosas que hacer antes de morir.

Delante de un cobertizo había una pista de aterrizaje con luces guía naranjas ancladas al hormigón. Para mi dron. El otro cobertizo contenía herramientas de diversas especificaciones, un verdadero laboratorio que haría salivar a cualquier artesano. Esa era la estación 1. Las mesas bajo el toldo eran las estaciones 2 y 3. Casi todos los proyectos tenían componentes, herramientas y cables esparcidos por todas las estaciones, en una línea de montaje. Pero todo estaba limpio y guardado por ahora.

Aparcamos junto a los cobertizos. Salimos, las puertas se cerraron, su ruido normal fue tragado por la libertad del aire libre, una noche de brisa negra. Shocker y sus muchachos miraron a su alrededor con asombro.

—Mierda. ¿Qué hacen aquí arriba? —dijo ella.

—Drogarnos, más que todo —respondí. Ella frunció el ceño. Blondie se rió y se dirigió a las mesas.

—También diseñamos cualquier artilugio que se nos ocurra a nuestras mentes drogadas —añadí.

—Ajá. Ya me lo imaginaba. Eddy mencionó que te enseñó Pete Eagleclaw. Siempre he admirado sus diseños de motos.

—Construyeron coches, ¿verdad?

—Mmm-jumm. Tuve mi propio taller durante un tiempo. Sinceramente, no lo echo de menos. Aunque extraño hacer tatuajes. —Suspiró.

Miré su hombro derecho. Tenía tatuada una bujía de la marca Champion, con colores y sombreados realistas, rayos azules y blancos que salían del electrodo de la bujía. Ningún otro dibujo podría encajar mejor en su piel.

—He visto trabajos de tu salón, Tattoology. De clase mundial.

—¿De verdad? —Ella sonrió, y yo se la devolví. Otro suspiro—. Eso parte del pasado. Todo ha sido por los niños y por asegurarnos de no dejar rastros para los federales desde nuestra fuga.

—No hay rastros, jumm —dije pensando en el tren de policías que la perseguía. ¿Dónde vives ahora?

No contestó, sino que miró a su alrededor. Señaló cuatro placas de acero de un metro cuadrado que estaban empotradas en el hormigón.

— ¿Es eso un ascensor para coches?

Asentí, dejando que me desviara.

—Cilindros hidráulicos.

—Bonito —dijo Bobby sonriendo—. Podrías hacer mucho aquí arriba.

—Esa antena fractal parece útil —observó Ace, señalando un pequeño aparato que sobresalía de la parte superior del observatorio, un transmisor-receptor de alambre de acero, multiuso, que parecía una gran tela de araña—. Podrías interceptar cualquier frecuencia con esa cosa. Satélites, teléfonos móviles, canales de las fuerzas del orden. Genial. —Sonrió de una manera que indicaba que tenía un poco de criminal en él.

Fue entonces cuando decidí que me agradaba el bastardo nerd.

—"Útil" es lo que buscábamos —le dije. El viento fresco me metió el pelo en los ojos. Me lo alisé sobre la cabeza. Saqué mi BlackBerry y pulsé la aplicación del garaje, tecleando una orden rápida. Uno de los cobertizos a nuestra derecha zumbó, la puerta enrollable comenzó a abrirse en ciclo, las luces interiores iluminaron un pequeño avión. Me acerqué a él, relamiéndome los labios. ¿Sabes esa sensación que tienes cuando consigues mostrar algo realmente genial a tus amigos? Imagínate que has construido tú mismo ese "algo" y, en cuanto a lo que impresiona, era el puto nitrógeno líquido.

—Eso es un dron —exclamó Ace, con los ojos brillantes de fascinación.

Las cejas de Shocker no podían subir más.

—¿Vuela?

Me hice el ofendido.

— ¿Los santos quieren velas? Por supuesto que sí.

Blondie me dio una palmadita en el brazo. Me giré y me mostró unas pastillas en la palma de su mano. Dos Valium de 10 mg. Me las metió en la boca. Todo lo que necesita es un traje de enfermera... Me dio un trago de su botella de agua.

—Píldora de calma, bebé —dijo ella—. Necesitarás calmarte si planeas volar con ella. Recuerdas lo que pasó la última vez...

La besé para cortarla.

Se rio. Acarició mi mejilla.

—Iré a encontrarme con Big G mientras tú te encargas de esto.

Su perfecta grupa atrajo mi mano como un poderoso imán que se adhiere a una aleación de alta calidad. El cariñoso golpe la hizo chillar. Giró sobre la punta del pie, lanzando un gancho que esquivé. Arrugó, frunció el ceño y sacudió el puño, y luego se dirigió a la entrada de la rampa para reunirse con nuestro socio.

—¿Y qué pasó la última vez? —me preguntó Bobby, con los brazos cruzados sobre su camiseta rosa de culturista, sonriendo enormemente.

—Una anciana lo derribó con un calibre doce —gruñí—. Estaba grabando el campo de marihuana de su marido.

—¡Ja!

Se oyó el inconfundible ruido de un motor Honda V-Tec subiendo a toda velocidad por la rampa del garaje, con los neumáticos chirriando débilmente. Un momento después, el Prelude verde lima de Big Guns atravesó la entrada como una nave espacial extraterrestre que explorara cautelosamente el terreno terrestre. El amplio kit de carrocería, que apenas rozaba el suelo, parecía que iba a empezar a parpadear y a mirar a su alrededor con una especie de ojos láser. Las llantas negras de superturismo y los neumáticos de perfil bajo llenaban por completo los huecos de las ruedas. Aparcó junto al Ford de Blondie, con el enorme tubo de escape cromado zumbando, que se silenció cuando apagó el contacto y salió. Blondie le abrazó. Se giraron en mi dirección.

Big Guns no era alto para ser vietnamita. Pero ciertamente era uno de los asiáticos más musculosos que he visto. Con un metro setenta y cinco, parecía mucho más pesado de lo que realmente era. Pelo negro azabache afeitado a los lados, corto y de punta arriba. Ojos encapuchados sobre una nariz ancha, labios gruesos. Piel marrón y dorada con un dragón de colores que le rodeaba todo el brazo derecho, pistolas y chicas tatuadas en el izquierdo, un gánster asiático clásico. Pantalones vaqueros Silver Tab sueltos y ligeramente caídos con un cinturón negro ancho. Botas Lugz. Camiseta de tirantes gris lisa que dejaba ver su vientre plano y sus robustos y vasculares músculos. Su rostro serio se transformó en una amplia sonrisa cuando me vio, con sus dientes plateados brillando a la luz de la luna.

—¡Razor! Maldito cabrón.

—Me alegro de verte, pequeño hombre amarillo. —Nos dimos la mano, nos abrazamos. Retrocedimos—. ¿Te estás acortando?

—No. Estás más delgado. —Flexionó uno de sus brazos, los bíceps saltando como una pelota de béisbol venosa. Cruzó los brazos, asintió a los otros invitados—. Me tienes rodeado. ¿Quiénes son los ñoños?

Le dirigí a Shocker una mirada significativa. Dependía de ella cómo quería presentar a su tripulación. Enarcó una ceja en señal de pregunta. Hice un gesto afirmativo con la cabeza. Se podía confiar en Big Guns; siendo él mismo un fugitivo en ocasiones, conocía el significado de la discreción, y desde luego no haría nada estúpido como entregarlos por el dinero de la recompensa.

Shocker parecía rechinar los dientes en señal de duda.

—Soy Shocker —dijo finalmente—. Estos son Ace y Bobby. —Sus muchachos levantaron la cabeza en señal de saludo.

Big Guns no tenía ni idea de quiénes eran. Dirigió su boca brillante de plata hacia ellos.

—Debes ser importante si Razor y Ricitos de Oro te dejan entrar en su guarida —dijo.

Shocker frunció el ceño en respuesta. Sus muchachos masticaron la afirmación.

"¿Son importantes?" me preguntó mi subconsciente.

Es extraño que ni siquiera haya dudado en sacarlos a relucir aquí.

—Suficiente preámbulo. Vayamos al grano —dije, indicando a todos que me siguieran al cobertizo de los drones.

El avión tenía un exterior negro mate y un fuselaje de

aluminio y fibra de carbono. La envergadura de las alas era incluso de 5 metros. Parecía un Mitsubishi Zero en miniatura, los cazas japoneses de la Segunda Guerra Mundial. La cámara de alta potencia instalada en la parte inferior indicaba su propósito principal: espiar. Detrás de la hélice, a cada lado, había cubiertas de motor que albergaban un rotativo de 125 CV. Un motor Wankel. Sobre cada una de ellas había dibujados demonios con alas de libélula, de color gris oscuro, fantasmales sobre la base negra. Las entidades malignas parecían retorcerse excitadas por el aire, en éxtasis, con los dientes rechinando y las garras desgarrando la sombra hacia la que volaban.

Shocker admiró la obra de arte.

—¿Cómo se llama? —dijo.

—Demonfly —respondí, caminando alrededor de mi actual creación favorita hasta un gran escritorio de acero. Me senté en la silla que había detrás. Blondie los condujo al sofá adyacente al escritorio, se acercó y se dejó caer en mi regazo, con la silla chirriando en señal de protesta. Bobby, Ace y Big Guns tomaron asiento en el sofá, de cuero burdeos, sin almohadas.

Estrechando los ojos hacia mí, hacia Blondie y luego hacia el sofá.

—Creo que me quedaré de pie —dijo Shocker.

"Sí. Hemos hecho muchas cochinadas en ese sofá," le dijo mi sonrisa y mi encogimiento de hombros. Miré a mi amigo vietnamita.

—Tenemos que reunirnos con Trung.

Sus ojos en almendrados se redujeron a meras rendijas mientras reflexionaba sobre mi petición.

—Puedo hacerte entrar —dijo—. Tal vez a Blondie. Nadie más. La seguridad es estricta estos días. —Sus ojos se tensaron—. Y le llamarás Anh Long.

Los "nadie más" del cobertizo parecía descontento por ello.

—Iré a hablar con Anh Long para ver cuál es la posición de la Familia Dragón sobre nuestro objetivo —le dije a Shocker.

—¿Anh Long?

Big Guns se volvió hacia ella.

—Es un título formal para el jefe de la Familia Dragón. Anh significa Hermano Mayor. Long es dragón. Trung es el jefe de la FD.

—Ah.

—Gracias —le dije al experto vietnamita. Se inclinó con falsa solemnidad, haciendo reír a las chicas. Miré a todos, poniéndome serio—. Necesitaremos el apoyo de Anh Long si esperamos tener éxito en esto. Si iniciamos una operación en su territorio sin permiso, tendremos su enemistad además de la de la Sociedad del Tigre.

—No es bueno —comentó Bobby.

—Cierto. Los OG no suelen trabajar con gente de fuera, especialmente en negocios entre Familias. Pero teniendo en cuenta lo que está en juego, y toda la gente que podría verse afectada si el enemigo se hace con el poder, creo que Anh Long tendrá la mente abierta.

—Esperemos que así sea. Yo también odiaría chocar con él —dijo Shocker con una voz mortalmente tranquila. Su expresión indicaba que planeaba sacar la basura sin importar quién la ayudara o se interpusiera en su camino. Ace y Bobby la miraron a ella y a nosotros, igualando su determinación. Big Guns la miró con recelo, pues su físico desgarrado y su audacia rompían su conducta inexpresiva.

—Una mujer según mi propio corazón, —le sonreí—. Creo que tú y yo seremos amigos. —Parecía escéptica. Blondie se tensó en mi regazo. Intenté acariciarle la pierna y sólo conseguí evitar que me arrancaran un trozo de piel de la mano.

—Van a necesitar apoyo técnico —comentó Ace, con los dedos tecleando en el aire—. Yo puedo encargarme de eso.

Blondie lo miró con curiosidad.

— ¿Tienes un equipo? —dijo, refiriéndose a un pc capaz de algo más que actualizar Facebook o descargar porno.

Él dio una sonrisa secreta.

—Oh, sí. Tengo un Wrecker.

No estaba seguro de lo que significaba eso, pero le gustó a mi chica. Ella se dio la vuelta.

—Creo que él y yo seremos amigos —me dijo.

Me acerqué y le di un rápido giro a uno de sus pezones entre mis dedos, demasiado rápido para que nadie se diera cuenta. Disfrutando de su repentina inhalación, me dirigí a nuestro equipo.

—Es tarde. ¿Qué tal si nos reunimos aquí a mediodía? Ace y Blondie pueden colaborar en la parte técnica del trabajo mientras el resto ideamos una estrategia de ataque.

—Suena bien —bostezó Shocker. Todos estuvieron de acuerdo, poniéndose de pie.

Mientras el rugido de los tubos de escape del El Camino y el Prelude se desvanecía en los niveles del garaje, cogí a mi chica, la llevé hasta el sofá, la tiré sobre él y me quité la camisa de un tirón. Me desabroché el cinturón.

—El mal nunca duerme —gruñí por lo bajo.

Se rio, bajando la cremallera.

Mi amigo estaba en una feliz expectativa.

5

NUESTRO NUEVO RECLUTA

—¡Oh, estoy tan mojada! Dámelo ahora, hijo de perra. —Gritó Blondie, con sus ágiles y malvados brazos alcanzándome con ansia. Con la boca abierta en señal de enfado.

Le hice un guiño.

—Nena, si sigues con esa actitud, no te voy a dar nada el paraguas.

La lluvia caía desde un cielo gris de verano, oscureciendo el hormigón del aparcamiento y las aceras, y encaneciendo la arena de la playa hacia la que caminábamos. Habíamos terminado de correr por la mañana, pero habíamos cancelado nuestro entrenamiento habitual con el saco de boxeo y los guantes de boxeo para prepararnos para nuestra reunión de equipo. Blondie se había arreglado el pelo, se había maquillado y se había vestido con un top negro sin mangas y una falda de camuflaje. El atuendo mostraba un delicioso abdomen, sus largas piernas definidas, sus sensuales pantorrillas, sus botas negras de punta afilada con tacones de diez centímetros golpeando en la carretera húmeda mientras nos apresurábamos a cruzar. Le entregué el paraguas, ahorrándole treinta minutos de trabajo en el pelo y la cara, permitiéndole correr delante para que yo pudiera admirar la vista.

El agua del Golfo estaba enfurecida, las olas espumosas golpeaban la arena, el cielo oscuro prometía lo peor. Los relámpagos se mostraban espectaculares a lo lejos, hacia el este, sobre Cat Island. Lo ignoré. Los tacones de Blondie mantuvieron mi atención. "Hay algo en el sonido de los tacones...". No importa quién los lleve, Big Baby o Sexy Lady, cuando los oyes repiquetear por un pasillo o una acera sólo tienes que mirar, sabiendo que verás un par de piernas largas y un culo levantado. «Tiene piernas. Y sabe cómo usarlas», canté, tocando mi fiel guitarra de aire.

Me empapé en cuanto salió corriendo. Pero no me importó. La camiseta blanca y los vaqueros Diesel que llevaba no eran nada especial. Me cambiaré de nuevo, en cuanto encontremos el saco de hierba que perdió durante nuestra carrera.

—¡Lo encontré! —se giró y me gritó, caminando torpemente por la arena. Se puso en cuclillas y sacó un Ziploc de la playa—. Se cayó de mi maldito sujetador. —Sonrió y levantó el tesoro. La bolsa de 10 centímetros contenía media docena de porros, papeles de liar de color blanco brillante dentro del plástico reluciente. Lo último de nuestro alijo. Perderlo nos había aterrorizado.

Me limpié la frente con alivio.

—Buen hallazgo, chuletita. Ahora, trae a tu rubia melena para acá. Tenemos que recuperar el tiempo perdido. —Sonreí con anticipación y saqué un encendedor Zippo cromado de mis vaqueros.

Nos quedamos en la playa, girando la sombrilla para bloquear el viento y la lluvia, fumando un porro del tamaño de mi pulgar.

—Despiértate y elévate, perra, —exulté, pasándole la hierba de excelente calidad.

Los coches pasaron por la carretera, con los faros oscurecidos por la tormenta. Uno de ellos se desvió en la carretera junto al garaje, con las luces de xenón blancas y azules dirigidas a la entrada. Entrecerré los ojos, tratando de ver el vehículo con más claridad. Era un Scion FR-S de color verde oscuro, un pequeño y genial coche deportivo con motor bóxer y 6 velocidades. Blondie me dio un codazo, tan curiosa como yo por verlo de cerca, y apagamos el porro para atravesar el guantelete de cuatro carriles inundados, ella sosteniendo el paraguas, cogida de mi mano, confiando en que nos guiaría entre el tráfico.

Nos dirigimos a la entrada, los sentidos se reafirman ahora que estamos fuera del diluvio. Blondie cerró el paraguas. Se sacudió el pelo por encima de los hombros. Buscamos el Scion a nuestro alrededor, sabiendo que tenía que estar en el primer nivel; esperamos que los faros aparecieran en el segundo nivel, pero no lo hicieron.

El primer nivel estaba casi lleno, con sólo unas pocas ranuras disponibles. Seguimos las huellas de los neumáticos mojados, que terminaban abruptamente frente a una ranura vacía, curvándose y cruzándose entre sí, lo que indicaba que el Scion había retrocedido hasta la ranura. Pero está vacía.

—Qué demonios... —murmuró Blondie, entrecerrando los ojos con fuerza.

Seguí mirando las ranuras vacías, las vías, una y otra vez, tropezando, pensando que ese porro debía tener algo más que THC, cuando Shocker apareció de la nada en la ranura con las vías, a menos de doce metros delante de nosotros.

—Hola, muchachos —dijo con un saludo y una sonrisa brillante. Cerró la puerta invisible, y el aire a su izquierda brilló, como una pantalla de ordenador resolviendo una imagen, y la pintura digital verde oscura formó el frontal, el capó, los guardabarros y luego el resto del coche como si fuera un holograma en 3D. Directamente sacado de Popular Science.

Los altos pilares de hormigón bloquearon las luces, poniendo la ranura en la sombra, complementando el efecto.

Nos quedamos estupefactos.

—Bonito —respiré—. Scion pagaría un dineral por tener eso en sus anuncios.

—Pantalla de cristal líquido. En un coche —dijo mi chica, impresionada de sobremanera.

La fina pantalla de vídeo que cubría el parabrisas se enrolló en una rendija del techo. Ace salió del lado del conductor y lo cerró. Se acercó a su chica, con una amplia sonrisa en su anguloso rostro. Sus picos rubios parecían más afilados.

—He tomado una foto de sus caras —dijo el nerd, presumido y satisfecho.

Nos acercamos al coche, ignorándolos por un momento, observando atentamente la obra maestra que teníamos delante. Ace era un gran científico de materiales. Los polímeros electroactivos que creó para la manga de compresión de Shocker eran impresionantes, pero esto era francamente alucinante.

— ¿Tienes cámaras en la parte trasera del coche? —dijo Blondie.

—Integrado en las luces traseras y en las de la etiqueta —dijo Ace—, en los bajos y en las manillas de las puertas. La pintura no es real, por supuesto. Puedo seleccionar docenas de colores o diseños gráficos en el menú del programa. Son píxeles, en monitores LCD moldeados. Los paneles de la carrocería están hechos de un material plástico transparente y de nanotubos de carbono muy duradero, muy pulido para que parezca una capa transparente. Los LCD están detrás de los paneles, perfectamente contorneados para formar las líneas del coche. El exterior es esencialmente una pantalla de televisión gigante. —Señaló la parte trasera del coche—. Las cámaras captan todo lo que hay detrás, debajo y al lado del coche. Un procesador modificado con un sencillo algoritmo gobierna la imagen. Las cámaras también rastrean el movimiento, y las proyecciones de la parte delantera, los laterales y el techo se ajustan en relación con la dirección de la persona o el otro vehículo del que el programa trata de ocultarse. La parte trasera del coche es completamente visible, así que tengo que asegurarme de que la parte delantera del coche está orientada hacia quien estoy evitando. Las sombras ayudan, como puedes ver. El coche es visible a plena luz.

—Me encanta, demonios —declaré. Blondie murmuró su consentimiento.

Se encogió de hombros, con las manos metidas en sus pantalones grises.

—La tecnología existe desde hace años. Pero no en los coches. Probablemente sea ilegal.

Shocker inhaló con orgullo y miró con cariño a su hombre.

—No se puede conducir rápido —dijo Shocker—, así que no hay forma de que escape de la policía. Tuvimos que idear otra cosa, una manera de que pudiera esconderse de ellos si lo persiguen.

—Yo diría que has dado en el blanco —respondí. Pasé los dedos por el guardabarros. La "pintura" parecía tener una capa transparente muy gruesa, que la hacía muy brillante, pero nunca adivinarías que era una pantalla digital bajo un metamaterial. —Me encantan los dispositivos anti autoridad —dije con emoción.

— ¿Qué otros materiales has desarrollado? — preguntó Blondie al nerd, acercándose a él. Su delgado pecho infló su camiseta azul de Apple Computers, su cara y sus brazos se animaron cuando empezaron a conversar en nanotecnología.

Hice un gesto a Shocker para que me acompañara. Nuestro escuadrón se dirigió hacia las rampas, la lluvia amortiguada y luego ruidosa cuando abrimos la puerta del sexto nivel. Nos apresuramos a llegar a la zona cubierta entre los cobertizos, atravesándola para llegar al hangar de drones, suspirando colectivamente una vez que nos libramos de la lluvia de nuevo. Dejé la puerta abierta, el sonido y el olor refrescante, la brisa fresca. Blondie y Ace se sentaron en el sofá, todavía charlando. Le cedí a Shocker la silla detrás del escritorio y me puse de pie.

—¿Dónde está Bobby? —dije.

—Tiene una esposa e hijos, además de un negocio de pintura y carrocería que dirige —respondió Shocker. Llevaba el pelo castaño recogido en una apretada cola de caballo, sus ojos color avellana brillaban sobre una nariz pigmea pero simpática. Llevaba un mono y chaqueta negros con «Adidas» bordado en costuras rosas en las mangas y las piernas. Se cruzó de brazos y se echó hacia atrás.

—Estará ahí cuando lo necesitemos.

Asentí pensativo.

—Big Guns se reunirá con nosotros en casa de Anh Long en breve. ¿Has pensado en cómo quieres hacer este trabajo?

Frunció el ceño y levantó el puño.

—Sólo conozco una manera de ocuparse de los negocios con los gánsteres. Fuego contra fuego. Estúpido contra estúpido.

Mis caninos se alargaron. Hice una sonrisa digna de la portada de Savage.

—Equipo. —Extendí el puño y ella lo chocó.

«Piensa igual que tú», observó mi subconsciente, sorprendido, pero no disgustado.

Un sentimiento familiar me golpeó. En otra vida esta chica podría haber sido mi hermana. O, más apropiadamente, "tú podrías haber sido su hermano", corrigió mi subconsciente, recordándome su condición.

Intenté no fruncir el ceño y dije:

—Tenemos que dar ejemplo al Two-Eleven y al OBG, y

asegurarnos de que saben por qué se les ataca y qué pueden hacer para que deje de hacerlo.

—¿OBG? —dijo Ace.

—Oriental Baby Gangsters (Gánsteres Orientales Pequeños). Cuando cumplen dieciocho años se llaman "Oriental Boy Gangsters" (Gánsteres Orientales Jóvenes). Tenemos que ir por ellos...

—No sean codiciosos —dijo Blondie, con la cara tensa.

—Y siguen jodiendo nuestras ciudades natales —añadió Ace, mirando a Shocker, Blondie.

Todos se rieron.

—No tienes que ser vulgar para formar parte del equipo —le dije. No tenía por qué intentar maldecir. Sonaba como bobo, aunque decidí guardarme eso para no bajar la moral del equipo.

Blondie se llevó una mano a la boca. Shocker sonrió a Ace, a nosotros.

—Ha adquirido algunos malos hábitos en la cárcel —añadió. Se puso una mano en el pecho. —Te juro que eso no lo sacó de mí —agregó.

Ace parecía a la defensiva.

—Puedo maldecir mejor que eso —murmuró. Nos echamos a reír. Blondie me agarró del hombro y se dio una palmada en el muslo. Mis abdominales se acalambraron. ¡Pues yo sí puedo! —gritó.

Más risas.

—Circuitos quemados —refunfuñó, malhumorada.

— "I hurt myself today / to see if I still feel / I focus on the pain / the only thing that's real" de SevenDust sonaba desde el sistema estéreo del Scion. Blondie y yo nos sentamos en el asiento trasero, su pierna caliente tocando la mía en el pequeño espacio. No dejaba de mirar el patrón de camuflaje de su falda. Era un reto no ver el patrón de sus bragas por debajo. La zorra no lo decía, prefería que yo encontrara alguna forma de hacerlo, mientras que ella contrarrestaba mis intentos con descaro o con golpes contundentes. Para ella era un juego y una diversión. Yo, en cambio, me lo tomaba muy en serio.

Tenía que saberlo.

¡Maldita sea!

Ace giró bruscamente en una curva, dándome una razón para inclinarme. Me dejé caer en el regazo de Blondie, con la mano extendida, y recibí un cabezazo en la oreja.

— ¡Ay! Bien. —Me senté y me froté la cabeza.

Sonrió, sacudió el polvo imaginario de su falda. Se frunce los labios con desdén.

La lluvia se había reducido a una ligera llovizna y el cielo empezaba a clarear. El FR-S se manejaba por las carreteras resbaladizas perfectamente, el interior insonorizado olía a coche nuevo, el MP3 reproducía una gama de música rock que todos disfrutábamos. Entramos en un gran barrio de casas pequeñas, con coches de importación en todas las entradas, la mitad de ellos personalizados, lo que indica que se trata de una comunidad asiática principalmente joven. Giramos a la derecha, otra vez a la derecha, y vimos el Prelude de Big Guns aparcado en la calle con otros ocho coches delante de una casa de ladrillo que parecía estar celebrando una fiesta.

La puerta principal estaba abierta, con dos chicas de ojos almendrados agrupadas junto a ella, riéndose, y tres jóvenes que las seducían en voz alta en vietnamita desde un columpio de madera del porche a la derecha, con árboles de mirto verde y rosa frente a ellos. Los muchachos nos vieron, se pararon bruscamente y les indicaron a las chicas que entraran. Ellas lo hicieron sin chistar y cerraron la puerta rápidamente.

Cuando Ace y Shocker se bajaron y sostuvieron los asientos para que saliéramos, Blondie pisó algo de plástico y el tacón hizo crujir el objeto invisible en el pequeño y oscuro suelo.

—¡Mierda! Lo siento —dijo, saliendo del coche e inclinándose hacia atrás para inspeccionar los daños.

Ace intentó saltar delante de ella.

—No te preocupes —dijo demasiado tarde.

Blondie estaba de pie, sosteniendo una caja de DVD, con una hermosa sonrisa. Leyó los títulos en voz alta.

—El arte de las posiciones sexuales. El arte del sexo oral. Y El Arte de los Orgasmos. —Se volvió hacia su amigo, le dio un golpe en el hombro—. ¡Perro sucio! —Le gritó y volvió a meterlos en el coche.

La cara de Ace se había vuelto de un tono más oscuro después de cada título. Miró por encima del techo a su chica.

—Yo... Nosotros... Tú —tartamudeó.

Me reí de la expresión de Shocker. No conocía los DVD. Levanté la cabeza hacia el nerd.

—Puedo decirte algunas cosas que no ponen en DVD. Cincuenta Sombras de Razor. Ahora le tocó a Blondie sonrojarse. Señalé a los tres soldados vietnamitas armados que caminaban hacia nosotros. Caras de póker ahora, caras de sexo después. ¿Qué dicen?

Asintieron rápidamente. Cerraron las puertas.

Los hombres llevaban vaqueros holgados y camisas de vestir. Llevaban largos collares de oro y plata, botas y zapatillas de skate. Uno tenía un flequillo rojo brillante que enmarcaba su rostro cincelado. Todos llevaban el ceño fruncido como diciendo ¿Quién coño eres tú?

Igualé su conducta, me puse delante de mi equipo.

— ¿Dónde está Big Guns? —pregunté.

— ¿Quién quiere saberlo? —Dijo Mechas, con un español muy acentuado.

Miré a cada uno de ellos a los ojos.

—Razor.

Sus modales cambiaron al instante. Los ojos se ensancharon, las bocas se aflojaron, las manos buscaron el pelo o la ropa para alisarlos. Blondie suspiró satisfecha. Mechas se volvió hacia su izquierda.

—Kiem thang xuon bu (busca a Big Guns) le ordenó.

Se apresuró a salir, con las botas aplastando el césped mojado. Mechas y su compañero no dijeron nada, solo optaron por inspeccionar el coche de Ace mientras echaban miradas a las chicas. Los jóvenes vietnamitas se tomaban en serio los coches de importación, y el FR-S era una amenaza para sus Hondas y Acuras en cuanto a estilo y prestaciones. Scion, una subsidiaria de Toyota, era sólo parcialmente aceptada por estos muchachos. Tolerada. Miraban la máquina con una mezcla de escepticismo y admiración.

"Se pondrían muy nerviosos si vieran que desaparece," pensé.

Mi tripulación también permaneció en silencio, escuchando los sonidos de la fiesta que provenían del patio trasero. Había algún tipo de concurso en juego, tal vez un torneo de apuestas, gritos, abucheos y risas expresadas con elocuencia en su lengua extranjera. La curiosidad empezó a corroerme, y me moría de ganas de que mi musculoso amigo trajera su culo hasta aquí para que pudiéramos unirnos a la acción.

Big Guns y el mensajero aparecieron por la puerta principal. Mi amigo nos sonrió lanzó una sonrisa de plata, se giró y ladró una orden al mensajero, que se apresuró a realizar otra tarea. El gánster vietnamita nos indicó que entráramos, frunciendo el ceño hacia Mechas y su compañero. Ambos bajaron la mirada en presencia de su superior y nos registraron apresuradamente a los cuatro huéspedes en busca de armas, palmeando nuestras axilas, cinturas y tobillos. Luego se sentaron de nuevo en el columpio del porche, de nuevo en guardia.

Ace cerró la puerta detrás de nosotros suavemente. La música pop sonaba en un televisor, el salón amarillo con ribetes blancos, amueblado con buen gusto con lo mejor de Ikea. Seguimos a Big Guns hasta el comedor. Se giró y señaló a Shocker, a Ace y a la sala de estar.

—Ustedes dos se tienen que quedar aquí —dijo disculpándose.

Hicieron expresiones de disgusto, pero cumplieron, sentándose uno al lado del otro en un sofá azul, no entran al VIP.

A través de la puerta corrediza de cristal de la cocina había un patio con muebles de plástico blanco, una mesa con sombrilla con seis hombres vietnamitas mayores, dos de ellos con mujeres jóvenes en el regazo, montones de dinero en efectivo y tablas con escrituras delante de ellos. Estaban animando, riendo, con las cabezas torcidas hacia la izquierda, gesticulando salvajemente mientras sus chicas se regocijaban y se retorcían en pantalones cortos ajustados. Se callaron cuando salimos y cerramos la puerta de cristal. Unos ojos encapuchados nos miraron fijamente. Los ignoramos, mirando la fuente del alboroto: un ring circular de madera contrachapada de dos metros de altura, de cuatro metros de diámetro, rodeado de asiáticos de todas las edades que gritaban y chillaban, la mayoría hombres, un par de abuelas. Con los ojos puestos en la pelea de gallos en curso, no se dieron cuenta de que nos acercábamos.

Una valla de madera rodeaba el patio de un cuarto de acre, con altos y gruesos arbustos que le daban más privacidad. Una pequeña estatua de piedra de Buda, panzuda y sonriendo al cielo, lanzaba sus encantos desde el centro de un ring para pájaros en medio del césped, bajo la cual varios niños pequeños jugaban con coches de juguete. Big Guns nos indicó que nos quedáramos junto a la valla hasta que terminara la pelea.

No hubo que esperar mucho. Los descendientes de los dinosaurios lucharon con fuerza, con furia, uno de ellos con dolor, el otro con triunfo, y la mitad de los hombres que rodeaban el ring gimieron ante su pérdida. "¡Cac! Escupieron varios, una palabra con un sonido muy divertido que se traducía en "mierda" o "coño".

Uno de los ganadores, un treintañero con caquis y pesadas cadenas de oro, agitó un fajo de billetes en las caras de sus amigos. "¡Du ma! Du ma!" les decía. "Que se joda tu madre" o "Mierda, así se hace" según el contexto. Me reí, sintiendo su energía. Me encantaba el riesgo de las apuestas, y sabía lo que se sentía al vencer a las Probabilidades, y al ser jodido por ellas.

Un hombre mayor que todos los presentes en el ring se fijó en nosotros y nos miró por un momento, con los ojos entornados. Sonrió de repente. Esquivó a dos mujeres que clamaban junto a él, una de ellas con sus ganancias, y se acercó a nosotros. Trung tenía alrededor de setenta años, aunque era difícil saberlo. Tenía uno de esos rostros asiáticos inexpresivos que nunca acumulan arrugas. El único signo de su edad era el sol bajo el que se esclavizaba en los barcos camaroneros antes de ascender a la cima de la Familia del Dragón. Llevaba una camiseta de manga corta a cuadros, pantalones azul marino y sandalias de cuero oscuro. Pelo gris, peinado hacia un lado. Su sonrisa estaba amarillenta por décadas de café, pero era amable y poderosa. El hombre no tenía un aspecto elegante, pero aun así se las arreglaba para transmitir el concepto de JEFE de alguna manera. Ya había tenido el placer de conocerlo dos veces, y también me impresionó en esas ocasiones.

Se detuvo a varios metros de nosotros. Asintió a su subordinado.

—Em Hung, el joven protegido, saludó formalmente a Big Guns, con voz cálida pero autoritaria. Me miró a mí, a Blondie, con los ojos casi negros. Hablaba un español perfecto, como un periodista de noticias. Razor, ¿qué los trae a ti y a esta encantadora guerrera dorada a la casa de mi familia?

Blondie sonrió ante su encanto. Incliné la cabeza respetuosamente.

—Para hacer una petición, Anh Long —dije. Hizo un gesto con la mano para que continuara. Vamos a ponerle freno a los Two-Eleven y a sus aliados. Llevan un camino destructivo que ha sido desafortunado para mucha gente, como estoy seguro de que sabes. Queremos detenerlos antes de que lleguen a un punto en el que no se les pueda parar.

Anh Long se quedó callado durante unos segundos, evaluando a los tres.

— ¿Quiénes son "nosotros"? le preguntó a su protegido.

Big Guns movió la cabeza.

—Razor, Blondie, una luchadora que se hace llamar Shocker. Su novio Ace, que es un especialista en tecnología. Y un culturista llamado Bobby. Hizo una pequeña reverencia y sonrió—. Y yo mismo, Anh Long.

—Mmm, —pensó. Me gustaría conocer a esta Shocker. Se cruzó de brazos, pareciendo saber que ella estaba aquí y que no hablaría más hasta que ella estuviera presente.

Big Guns se apresuró a ir al patio, se metió por la puerta corrediza y regresó con la chica-bestia a cuestas. Con el poco favorecedor mono deportivo, el aspecto de Shocker era engañoso. Tenía un aspecto atlético, pero nadie podría adivinar que era la chica más mala que jamás se había puesto unos guantes. Llevaba una mirada incierta e inocente que contradecía su naturaleza confiada y violenta. Un acto que admiré tanto que yo mismo probé la expresión. Al cabo de un momento me sentí estúpido, así que paré.

Big Guns comenzó a presentarla.

—Sé quién es Shocker —dijo el Dragón Mayor. Se volvió hacia ella. Ella lanzó un suspiro. Big Guns parecía confundido mientras que Blondie y yo sonreímos. El anciano se rió—. No parezcas tan sorprendida, señorita Ares. Después de todo, usted era una celebridad por luchar contra los fans, lo que incluye al decrépito anciano que tiene delante.

Parecía muy preocupado por su semblante de pánico. Ella parecía dispuesta a correr por su vida. Se acercó y le cogió la mano.

—No tienes nada que temer. Aquí nadie te hará daño. Te lo puedo asegurar.

—Gracias, Shocker sonrió. Tomó aire. Un placer conocerte, Anh Long.

—Oh, el placer es todo mío. Esto es un placer. Me haces sentir como un joven que pide un autógrafo. —Ella se puso roja. Él se rió de nuevo, le soltó la mano y miró a nuestro alrededor—. Ahora, ¿qué es lo que requieren de la Familia Dragón?

—Permiso, y alguien bueno con el rifle —dije, mirándolos a él y a Shocker. Había oído que Anh Long era aficionado al kickboxing, y era bueno en ello. No me sorprende que también siga el boxeo, aunque sí que parece conocer a Shocker antes de verla. "El mensajero le dijo que ella estaba aquí", pensé. Blondie y yo somos conocidos boxeadores. Big Guns la llamó "luchadora". Se puede deducir mucho de eso.

"¿Cuántas chicas se llaman a sí mismas Shocker?"

—¿Permiso para la guerra contra la Sociedad del Tigre? —dijo Anh Long, juntando las manos a la espalda.

—Así es. Algunos de nuestros combates pueden ocurrir en el territorio de la FD. No queremos ningún malentendido con sus muchachos.

—Ya veo. En lugar de responder, miró su reloj, se giró y le hizo un gesto específico a un muchacho que parecía un niño de la calle, flaco, con unos pantalones cortos sucios, unas sandalias raídas y una camisa con agujeros. El muchacho había estado observando al Dragón Mayor como un escudero observa a un rey, esperando ansiosamente sus órdenes, esperando anticiparse a ellas. Sacó un enorme gallo de una jaula y lo sostuvo frente a él para evitar que le clavaran las afiladas espuelas de acero que tenía en las patas. Caminó rápidamente hasta arrodillarse frente a su señor.

Anh Long se arrodilló y acarició la cabeza del gallo. Le habían quitado la cresta, el mohicano rojo de piel que coronaba la cabeza del gallo. Era una práctica común, que evitaba que se engancharan con las espuelas o fueran picoteados durante la batalla. La misma razón por la que no se ven combatientes con el pelo largo; es muy incómodo cuando tu oponente agarra un puñado y te lleva a donde quiere. Las plumas eran blancas y negras, marrones doradas, algunas con flecos de un púrpura que parecían aerografiadas. Era un animal magnífico.

Anh Long sacó una botella de agua del bolsillo. Quitó el tapón y vertió un trago entre sus finos labios. Acarició a su asesino y luego escupió un chorro de agua en su pico. El pájaro lanzó un graznido de frustración. Shocker puso una expresión de "¿Qué demonios?" aunque el resto ya lo habíamos visto antes. Era una técnica para mantener a las aves hidratadas, para mejorar su rendimiento. No bebían cuando se les ordenaba, estaban demasiado nerviosos en los rines de pelea como para hacer otra cosa que no fuera cagar y esperar ansiosamente las inevitables peleas. Anh Long, evidentemente, cuida a sus propios combatientes.

El muchacho se puso de pie con los brazos extendidos y llevó al gallo rápidamente de vuelta a las jaulas. El público que rodeaba el cuadrilátero charlaba tranquilamente, esperando que el Dragón Mayor regresara antes de comenzar la siguiente batalla.

Anh Long nos miró y sonrió.

—Las peleas de gallos han estado en mi familia desde su invención —dijo. Es un gran motivo de orgullo, una tradición que unía a las aldeas en el antiguo país, y que une a las familias incluso ahora, en este nuevo mundo. La Familia Dragón valora la tradición. —Su rostro se tornó lastimero. La Sociedad del Tigre solía hacerlo, pero ¿qué saben ahora? Su Anh Ho no tiene ni cuarenta años —dijo, refiriéndose al Tigre Mayor. Y les gustan las peleas de perros, por el amor de Buda —escupió, haciendo una mueca—. Han perdido el contacto con sus raíces, adoptando la religión y las tradiciones americanas, perdiendo su identidad y el respeto en el proceso. ¿Y qué somos nosotros sin raíces y sin civismo? —Levantó las manos—. —¡Tu chang ca chon! —dijo, "pendejos fanfarrones".

Volvió a escupir. No miró a nadie en particular. Su voz adquirió una pasión silenciosa.

—Los Two-Eleven y los Oriental Baby Gangsters son barcos sin timón, inmersos en una traicionera tormenta. Sus ancianos les han fallado. Creen que la única forma de llegar al poder es destruir las viejas costumbres de las Familias y gobernar al estilo de los gánsteres americanos. No fueron educados adecuadamente en nuestras tradiciones de comunidad, haciendo negocios para que todos se beneficien. Todo lo que saben es que los fuertes toman de los débiles, y lo hacen con armas y crueldad. Se han convertido en el Viet Cong reencarnado. —Suspiró con tristeza—. Yo mismo y otros Ancianos de la Familia del Dragón hemos intentado durante años ser diplomáticos con la Sociedad del Tigre; entendemos las presiones culturales que han influido en su dirección y comportamiento. Pero tenemos nuestros propios problemas familiares de los que preocuparnos. No podemos permitirnos poner más energía en arreglar su desorden. Y por eso han empezado a atacarnos, desmontando nuestras redes hilo a hilo para que nuestras ganancias sean menores mientras las suyas aumentan.

Se golpeó una mano en la palma con fuerza, con los ojos

muy abiertos. Enfocó nuestros rostros atentos. Agitó una mano hacia mí.

—Nadie quiere la guerra. Nuestra gente ya corre suficiente peligro. ¿Puedes hacer esto sin revelarnos como aliados?

Miré a mi chica y a Shocker. Asintieron, y yo también sentí que podíamos operar bajo alguna premisa fabricada, una que permitiera a nuestros asociados permanecer en la oscuridad. Casi inmediatamente tuve una idea.

"Echas de menos las estafas," dijo mi subconsciente, frotándose las manos mentalmente en la anticipación vertiginosa.

—No hay problema. Big Guns tendrá que pasar desapercibido. Nos aseguraremos de ello.

Anh Long asintió.

—Tengo a alguien que es especialista en operar fuera de la vista. Creo que será de ayuda. —Miró a su Em Hung—. Llévalos a ver a Loc —ordenó. Dile a mi Con Xoan que les dé a Razor y a su equipo la ayuda que necesiten.

—Así será, Anh Long —le aseguró Big Guns.

Mmm. Nos está prestando a su hijo mayor... eso es algo importante en la cultura asiática, mostrarnos a nosotros y a la misión el máximo respeto. Sentí que una montaña de responsabilidad me pesaba de repente. No era desagradable. Hago mi mejor trabajo bajo presión, y suelo mostrar el culo cuando este sentimiento particular me golpea. A veces lo muestro literalmente.

Mis responsabilidades con la gente siempre han sido mínimas: mi perra y mi moto eran todo lo que cuidaba. Este trabajo me ha impuesto una carga de la que nunca había sentido las consecuencias. Odiaba admitirlo, pero hacer el bien a un montón de gente se sentía como... bien.

"Sí, pero si metes la pata la gente que contaba contigo podría salir herida. ¿Realmente quieres seguir adelante con esto?» me pregunté a mí mismo, teniendo dudas. «Sabes muy bien que no te gusta estar cerca de tanta gente durante mucho tiempo. Podrías echarte atrás, dar alguna excusa falsa...".

—Deja de estorbar —murmuré. Blondie me dio una palmadita en el hombro para animarme. Anh Long me miró con dureza. —Nos honras. le dije. Haré lo posible por cumplir mi parte.

—Eres un general que está a punto de ir a la guerra —dijo seriamente. No tengo ninguna duda de que darás tu mejor esfuerzo. —Me miró a mí, luego a Blondie, a Shocker, conociendo nuestras reputaciones como combatientes consumados. La guerra requiere velocidad de mente y cuerpo —dijo, naturaleza despiadada, para ganar. Su pelotón de guerra está más que preparado.

El cumplido tuvo su efecto. Las chicas sonrieron. Mi lobo interior aulló, con un cosquilleo en el pecho, esperando una oportunidad para meter su hocico en la sangre del enemigo en la oportunidad más cercana.

Anh Long estaba a punto de volver a sus peleas de gallos cuando Shocker le preguntó: "¿Cómo se llama tu Con Xoan?"

—Loc fue francotirador en los Marines —me dijo Big Guns mientras aparcábamos junto al puerto. Ace, Shocker y Blondie se detuvieron junto a su Prelude. Él apagó el motor. El barro del pantano nos mojó la cara cuando salimos. Las gaviotas graznaban sobre los barcos de pesca atracados en los muelles, buscando restos de pescado en descomposición, camarones o cangrejos que se intuían en los viejos tablones de madera. Big Guns cerró su puerta. Nosotros hicimos lo mismo, reuniéndonos a su alrededor para que nos informara sobre el misterioso asesino de Vietnam. Loc no está bien de la cabeza. Se rascó la mejilla.

—¿Quieres decir que estuvo en la guerra de Irak? —preguntó Shocker, apartando un mechón de pelo de su ojo.

—Estaba trastornado antes de entrar en el ejército.

—¿Qué le pasó? —dijo Blondie.

Big Guns parecía incómodo al hablar de Loc.

—Hace unos diez años su bebé murió. Luego su prometida lo dejó.

—Ouch —comentó Ace. Los ojos de las chicas se abrieron de par en par ante el jugoso chisme.

—Sí —afirmó Big Guns—. Loc era un budista con una novia cristiana, una receta para los problemas. Los Two-Eleven van a la iglesia, así que naturalmente eran enemigos de los grupos que iban al templo. Un día se toparon con Loc y su chica en la iglesia y los atacaron. Ella estaba embarazada. Fueron golpeados duramente por cinco o seis Two-Eleven, y ella perdió el bebé en el hospital ese mismo día. Estaban destrozados. Loc no era una persona violenta entonces, y no se atrevió a tomar represalias. Iba en contra de sus creencias. Su prometida era del tipo del Antiguo Testamento y pensaba que era débil. Ella lo dejó. Así que se alistó en los Marines para aprender a matar gente. Se encogió de hombros. Se convirtió en francotirador. Ganó algunas competiciones de tiro y algunos premios al valor. Conquistó su cobardía, pero su depresión se convirtió en algo psicótico. Volvió el año pasado pero no quiere hablar con nadie. Ni siquiera con su propio padre. Vive aquí, en ese barco camaronero.

Señaló una embarcación pesquera de madera de quince metros, con una pintura roja oscura vieja y descascarada, un puente de mando pequeño y maltrecho con altas antenas que sobresalían por delante del parabrisas. Los aparejos para las redes de camarones estaban plegados como si fueran alas, con tubos de acero y poleas muy usadas, de color oxidado y con una abundante capa de excrementos de gaviota.

—Guíanos comandante, —dijo Shocker con sinceridad.

Blondie le dirigió una mirada escéptica. Hice un gesto para que Big Guns guiara el camino.

—Me llevo bien con los psicópatas. Vamos a ver si está en casa.

En los quince puestos de embarcaciones, todos ellos llenos de motos acuáticas, desde motos de agua hasta yates de veinticuatro metros, sorprendentemente no había gente. El bosque del bayou no era conocido por el público en general y representaba una medida de privacidad que una persona de la naturaleza de Loc apreciaría. Me di cuenta que una fugitiva como la chica-bestia debía haber notado lo mismo.

Subimos a la plataforma del muelle, con la hierba alta de la marisma asomando entre las tablas, el agua chapoteando con la marea alta bajo nuestros pies. Los dedos de los tablones de madera se extendían entre los barcos. La casa de Loc estaba atracada en la última ranura, con la popa hacia dentro y la proa orientada hacia el pantano abierto, con islas de marisma que salpicaban el agua salobre con hierba alta y pequeños pinos. Un único canal profundo atravesaba el centro para el tráfico hacia y desde la bahía de Biloxi.

Al entrar en su muelle, miré hacia abajo y leí el nombre en la popa "Fortune of Stealth" estaba pintado en grandes letras amarillas, descascarilladas, con percebes pegados a la línea de flotación bajo él.

Big Guns pasó por delante de los primeros pilotes y tropezó con una cuerda invisible, golpeándose con fuerza en las manos, con las astillas clavadas en las palmas.

— ¡Cac! —maldijo, recuperando apresuradamente sus pies.

Los cables de viaje eran una mala señal. Cuando un motor fuera de borda se puso en marcha en algún lugar, me giré y empujé a las chicas fuera del muelle. El motor se aceleró y los cabos que sujetaban el Fortune al muelle cayeron al agua mientras el barco se alejaba. Me tomé un momento para especular sobre la ingeniería involucrada en la modificación de Loc, impresionante.

Al ver que no había peligro, sólo una alarma de escape disparada, volví a caminar hacia Big Guns, las chicas me siguieron.

—Parece que ha aprendido algo más que a matar —dije.

—Sí —refunfuñó Big Guns. Blondie le dio un pañuelo para las manos. Él le dio las gracias—. Debería haberlo sabido. Olvidé mencionar que es paranoico —dijo.

—Es un superviviente —dijo Shocker, admirando de nuevo la casa de Loc. Le dio un codazo a Ace, que parecía estar estudiando el montaje del marine al igual que yo.

—Seguramente tendría algo amañado como esto si hubiera estado en "Los más buscados de América" les dije. Ace sonrió, aunque frunció el ceño con severidad al recordar su infamia.

Big Guns les dedicó una curiosa sonrisa plateada. Sacudió la cabeza. Volvimos a centrar nuestra atención en el barco. Giró en medio círculo, a cincuenta yardas de distancia, con el motor acelerando, cortando. El puente de mando tenía una pequeña puerta a babor. Se abrió y salió un hombre increíblemente en forma, pisando ligeramente la cubierta, mirándonos con ojos negros e inexpresivos. "Esos ojos han visto unos cuantos cadáveres," supuse. Loc llevaba unos pantalones negros holgados, sin zapatos ni camisa, y parecía un doble de Bruce Lee. Llevaba el pelo de obsidiana afeitado a lo alto y engominado, la piel dorada sobre un pecho que ha hecho miles de flexiones. Rostro fuerte. Bien afeitado. Parecía un soldado de mala muerte.

Big Guns se tapó la boca.

—Siento molestarte, Loc —dijo. Nos ha enviado Anh Long. Loc no respondió. No parpadeó. Sus manos permanecían a los lados, las venas de sus brazos eran visibles ahora que el sol atravesaba las nubes, un rayo amarillo brillante cruzaba sus ojos. Big Guns nos miró. ¿Ves? Psicópata. Anh Long quiere que nos ayudes a neutralizar a los Two-Eleven. Debes ayudar a este equipo en lo que necesite.

Todavía son respuesta. Big Guns nos presentó.

—Este es Razor. Dirige la operación. Y estos son Blondie, Shocker y Ace. Todos muy capaces. Tienen la bendición de Anh Long. Debes ayudarlos y permanecer fuera de la vista. La Familia del Dragón está detrás de las escenas en este caso, por razones que ya conoces.

Loc miraba fijamente, sin dejarse afectar por la información, con el barco levantado por las excitadas olas que se agitaban contra él. Parecía formar parte de la embarcación, en perfecto equilibrio, capaz de anticiparse a la cubierta en movimiento de forma instintiva.

—Vamos. No creo que quiera ser molestado —dijo Blondie.

—Parece que no entiende —comentó Shocker. ¿Estás seguro de este tipo?

—Sí, estoy seguro. —Big Guns miró a Loc con recelo. Él lo entiende. Así es él. Vamos. —Empezó a caminar de vuelta a los coches.

—Espera un puto minuto —dije, haciendo un gesto al lunático paranoico del barco—. Necesitamos apoyo de rifles. Anh Long nos prometió a su hombre. ¿Va a ocuparse del negocio o no?

—Lo hará. A su manera. Vamos. Vamos antes de que lo hagamos sentir incómodo.

— ¿Hacerlo sentir incómodo? —Murmuró Blondie, tomándome del brazo.

Eché una última mirada a Loc. Podía oír nuestras quejas, pero no se esforzaba por comunicar nada de ello. El cabrón se limitó a mirar con esos ojos de asesino, mudo.

Nos quedamos junto a los coches, todos decepcionados, un poco inseguros ahora. Pero se me ocurrió una idea para revitalizar nuestro espíritu de equipo. Miré a todo el mundo y puse mi sonrisa de Estafador número 1.

—Somos una espada que defenderá a los inocentes —entoné. Blondie puso los ojos en blanco. Todos los demás sonrieron—. Pero somos una espada nueva, no probada en la batalla. El acero se hace más fuerte con el proceso de forja. ¿Qué les parece si lanzamos la primera punta al fuego?

Shocker hizo crujir sus nudillos.

—Ya era hora. Ace le puso una mano en el hombro, con cara de orgullo.

A Big Guns le bailaron los ojos. Esbozó una sonrisa socarrona.

—¿Han estado alguna vez en una pelea de perros? —dijo.

El extremo este de Biloxi tenía una interesante mezcla de habitantes. Blancos, asiáticos, afroamericanos y mexicanos trabajaban en los pequeños negocios, tiendas y gasolineras que abarcaban la zona rodeada por la autopista 90 y la bahía de Biloxi. Disfrutaban de bebidas y entretenimiento gratuitos mientras apostaban sus ganancias en los casinos que bordeaban el agua. Los barrios residenciales se dibujaban en el mapa como parte de la mezcla. Las casas eran en su mayoría de tamaño medio, no demasiado juntas, todas ellas sobre pilotes. Eran propiedad de gente de clase trabajadora con hipotecas, manutención y partidos de fútbol a los que asistir. El barrio en el que entramos era al menos medio vietnamita.

Big Guns y Ace iban en el Prelude detrás de nosotros, y Shocker conducía el Scion como un kart por las estrechas calles de dos carriles.

—Pararemos aquí —dijo Big Guns en mi auricular, un dispositivo Bluetooth casi invisible. Ustedes, muchachos, lleguen a la casa como si los hubieran invitado. Digan que los envía Tran.

—Lo tengo. Se lo repetí a las chicas, que optaron por ir sin auriculares, ya que toda la atención recaería sobre ellas. Ya lo habíamos repasado dos veces en nuestro apartamento. El plan para entrar, conceptualizado por su servidor, era genial, pero no todos estaban contentos. Los ojos contrariados y la mandíbula apretada de Shocker decían que no le gustaba el vestido ceñido y el papel de prostituta que tenía que representar. Las chicas eran prostitutas y yo era su chulo. Íbamos a asaltar la casa club del 211 de una manera muy poco convencional: Boxeadores altamente entrenados vs. Gánsteres de mierda que nunca tuvieron un trabajo real.

En mi mente demasiado confiada, no tenían ninguna oportunidad. Y por alguna razón que debería ser inquietante pero no lo es, no tengo miedo de atacar a alguien que lleva un arma. He visto de primera mano que estos dos magníficos guerreros comparten el mismo compromiso con el juego de la lucha.

Esto iba a ser muy divertido.

El Honda verde giró en la calle detrás de nuestro destino, su trabajo era ayudar en el soporte técnico y, sólo si era absolutamente necesario, respaldarnos. Aparcamos frente a una bonita casa de revestimiento de vinilo azul cielo, con el césped demasiado largo, seco por el calor del verano que había evaporado la tormenta como si nunca hubiera ocurrido. El camino de entrada y el patio lateral estaban repletos de coches. Acuras blancos, rojos y de color champán, varios Hondas pintados y carrozados de forma salvaje, con ruedas grandes y pegadas al suelo. Se estaba celebrando una fiesta, y nosotros llevábamos puestas nuestras máscaras de fiesta.

—¿Putas? ¿De verdad, Razor? Gran plan, señor presidente —se burló Shocker, soltando un suspiro.

Eché los hombros hacia atrás, me enderezó el cuello de la camisa, un pantalón abotonado azul y plateado de Nautica.

—Presidente, perra.

Me miró por el espejo retrovisor, con los ojos entrecerrados.

Blondie salió, con los tacones tintineando en la calle. Se alisó la falda de cuero verde oscuro, se subió las tetas con un chaleco ajustado a juego, los hombros bronceados brillaban al sol. Pelo platino cegador. Gafas de sol oscuras sobre una sonrisa perversa. Le encantaban los juegos de rol, y hacía un par de años que no hacía de prostituta. Podía percibir su excitación de forma aguda.

—Haz como si fueras Julia Roberts en Mujer Bonita —le dijo a Shocker.

Shocker la miró por encima del techo, incómoda con el vestido de seda rojo pálido, casi rosa, que hacía que sus curvas resaltaran en todas direcciones. El pelo castaño oscuro le caía por los hombros en mechones gruesos y brillantes, un estilo rápido de Ven Acá que no podía dejar de llamar la atención. Su maquillaje estaba perfectamente adaptado a su piel, a la forma de su rostro, a su pelo y al color de su vestido. No tenía ni idea de que pudiera arreglarse tanto. Se veía muy bien.

—Soy una luchadora, no una actriz —gruñó, pero suspiró resignada, se revolvió el pelo con fastidio, poco acostumbrado a otra cosa que no fuera una cola de caballo, y cerró el coche con el mando. Metió las llaves en el bolso.

Me di cuenta de que su brazo izquierdo parecía diminuto sin la manga de compresión, y el derecho bastante más grande. "Un brazo mecánico", deduje. "No es de extrañar que su brazo derecho parezca casi de hombre".

Cuatro jóvenes matones vietnamitas salieron a desafiarnos a los blancos. Llevaban pantalones anchos y camisas de diseño de colores, grandes joyas en el cuello, las orejas y las muñecas. Una o dos cejas perforadas. Parecían relativamente peligrosos, sobre todo el que llevaba la pistola asomando por la cintura. El más pequeño de ellos habló, sorprendiéndome con su tono autoritario.

—¿Quiénes son ustedes? No son bienvenidos aquí.

Rodeé con mis brazos a las prostitutas y las apreté, sonriendo como un vendedor de coches.

—Tran nos envió. Pensé que podían disfrutar de un poco de sabor en esta Fiesta de Salchichas.

—Tenemos mujeres —dijo El Chico. Y no pagamos por ellas. Sus compañeros fruncieron el ceño, aparentemente ofendidos de que insinuara que tenían que pagar por sexo.

Blondie me dio una palmadita en el pecho, se acercó a los hombres y se bajó las persianas, como una dominatriz que mira a sus próximos sumisos.

—Oh —ronroneó, qué agresividad irradian esos pequeños y duros cuerpos. Podría hacer mucho con eso. —Sus tacones golpearon delante de ellos, sus ojos eran incapaces de no mirar sus perfectas piernas y su trasero. El Chico se relamió los labios. Como una leona que detecta al más débil de la manada, Blondie se volvió hacia él, con su energía magnética, absorbiendo su voluntad. Se alzó sobre él, con las tetas bronceadas asomando por el chaleco, justo en su cara—. Apuesto a que nunca has tenido una mujer, ¿verdad? Dijiste que "tenías mujeres", pero sólo son chicas, ¿no?

Le acarició un dedo bajo la barbilla, le rozó el antebrazo, haciendo que su cara brillara y el vello del brazo se erizara, tocando zonas que ella sabía que estaban conectadas a partes del cerebro asociadas con la confianza y la recompensa. Él gimió ligeramente, embriagado por su aspecto, su voz y su olor. Ella se inclinó y exhaló su dulce aliento en la cara de El Chico, con la voz ronca, en pleno modo de seducción. ¿Me deseas?

—Mmm-uhm —respondió, con la cara enrojecida por la desorientación. Metió una mano en el bolsillo y se agarró la pinga endurecida para evitar que se le saliera del pantalón. Me mordí literalmente la lengua para combatir la risa. Ella me hacía eso todo el tiempo. No era ajeno al billar de bolsillo.

—Los veremos dentro, muchachos —dijo Blondie en un tono más imperativo que declarativo. Le dio un pellizco en el trasero a El Chico, los apartó del camino, y yo tomé las manos de mis prostitutas, sonriendo, Blondie nos condujo por el camino de cemento que accedía al porche y a la puerta principal.

La sala de estar era oscura, con dos sofás y tres sillas repletas de parejas de adolescentes, todos ellos vietnamitas, chicas sentadas o tumbadas sobre sus actuales novios, hip-hop casual sería lo que describiría la vestimenta de los presentes. El techno trance sonaba en el aire enturbiado por la marihuana con cadencias de sonido salvajes y psicodélicos, tambores y electrónica que agitaban los sentidos, mientras una mujer de voz sensual cantaba en una lengua asiática que yo no entendía.

Los pequeños Vietcong que estaban en la sala vieron a Blondie y Shocker y se pusieron rígidos. Sus caras pequeñas y bonitas provocaron toda una serie de emociones, bocas abiertas de envidia al ver sus piernas, hombros, pelo largo y precioso y sus trajes de moda. Su estatura escultural. Las miré e imité sus expresiones, apretando la fuente de su asombro. Blondie y Shocker me pellizcaron las manos, así que les solté el culo y sonreí para olvidar el dolor.

"Ya lo pagarás después," mi Amigo se encogió del susto.

Uno de los hombres sentados junto al pasillo se levantó de un salto y salió corriendo de la habitación. Por la expresión de su cara y la de la mayoría de los demás en la sala, diría que estaba en pleno éxtasis de calidad y su estómago se rebelaba. Miré la puerta principal cuando Shocker estaba a punto de cerrarla. Los muchachos en los que Blondie aplicó su magia se habían sacudido el hechizo y nos seguían hacia la casa. "Bien. Los necesitamos a todos en el mismo lugar".

En la cocina, una vietnamita mayor preparaba un gran salteado en una especie de cocina de gas, con sartenes en todos los quemadores. Los cuencos y las cucharas largas ocupaban el pequeño mostrador a su izquierda. Pasamos por delante de ella y gritó algo que tenía una inflexión de saludo/perdón. Una puerta abierta mostraba un garaje con una mesa de billar, dos docenas de personas apiñadas a su alrededor, montones de dinero y joyas al azar sobre el fieltro verde mientras los dados rodaban y los jugadores se agolpaban. La música rap salía de los altavoces con sonido envolvente.

"Cause we smoke that Kush / and we ball like swush," dijo Lil' Wayne. Los hombres se reían a carcajadas de las payasadas de uno de ellos por haber perdido, un espectáculo dramático, ebrio y divertido como sólo los hombres asiáticos saben hacer.

Un silencio tartamudo se apoderó de ellos cuando notaron que un culo de clase mundial entraba en la habitación.

Blondie tomó la delantera, puso una mano en su cadera asomada, el peso en un estilete. Se bajó las gafas para poder mirar a todos por debajo de la nariz, asumiendo una posición de autoridad. Todos reconocieron instintivamente su condición de alfa y no pudieron evitar reaccionar ante ella. Controlaba la sala con su presencia.

—El enemigo está en la casa —ronroneó su voz sensual, anunciando al elefante en la sala mientras hacía que su público se sintiera emocionado.

Unas cuantas risas nerviosas, un tipo titubeando como un borracho. Mi sonrisa de vendedor de coches grasiento se mantuvo sin esfuerzo. Shocker se quedó de pie, sin ser una puta ni una seductora, pero aun así se las arregló para emanar un aura de perra empoderada. Los hombres también la miraban con recelo y asombro.

Blondie se subió las gafas y se dedicó a pasearse por la mesa, frotando las manos de forma sugerente por los estómagos de los muchachos, levantándoles las camisas ligeramente por delante o por detrás. Les alborotaba el pelo con juguetones sonidos femeninos. Cada uno de los que tocó se acercó a ella. Se movía entre las manos que la manoseaban con facilidad mientras las amigas graznaban como adorables ardillas enfadadas. Shocker observó a mi chica con una admiración rencorosa.

Blondie: 2. Shocker: 1

La mayoría de los muchachos tenían poco más de veinte años. Todos estaban curtidos en la vida de gánsteres. Eso significaba que lucharían con o sin armas. Hasta el momento, Blondie había encontrado dos pistolas más, con lo que ya eran tres. No sabíamos cuántos había en la casa. Si las cosas iban como estaba previsto, nuestro enemigo no tendría la oportunidad de armarse.

Blondie se abrió paso a lo largo del juego de dados hasta el último tipo, rozando sus hombros, rozando la parte delantera de su cintura con el dorso de la mano, el contorno de una automática formándose brevemente en su camisa de rayón. "Cuatro pistolas", consideré. "Me pregunto cuántas habrá en el ring de lucha"...

Me giré para mirar los extremos del garaje. La puerta estaba abierta de par en par en el camino de entrada a nueve metros de distancia, estanterías con cajas alineadas en las paredes, equipos de césped rodeando un cortacésped delante de dos Acuras tuneados. Mi cabeza giró para mirar el otro extremo. Había una puerta abierta que daba al patio trasero. Un amplio y verde césped y una valla de eslabones de cadena se veían pintorescos a través del marco. Blondie indicó que sus encantos estaban inseminados en los hombres y que podíamos pasar al siguiente grupo.

Salimos a la calle. El sol era cálido y el aire era ruidoso. El bajo tronaba desde los woofers de la terraza, un rap rápido y duro que animaba a todos a empujar y golpear a un hijo de perra.

"Ah... ¡Adoro cuando la música se ajusta a la escena!"

—Te vemos —me dijo Big Guns al oído. Miré a mi alrededor, más allá de la valla. Las casas nos flanqueaban. La que estaba detrás tenía un gran cobertizo en el extremo de su patio, a cincuenta metros de distancia. Varias higueras servían de cobertura a Big Guns y a Ace, que se agazapaban entre el espeso follaje con un emisor PEM, un dispositivo del tamaño de un gran radiocasete. Transmitía potentes pulsos electromagnéticos desde su antena rectangular de plástico. Lo que parecían hoyuelos tipo pelota de golf daban textura a su cara. Con una pila recargable de 24 voltios, sólo pesaba cinco kilos. Mi chica lo construyó para apagar coches, ordenadores, teléfonos móviles, comisarías de policía, cualquier cosa electrónica. Son más fáciles de construir de lo que crees. No te puedes imaginar lo útil que era esta cosa cuando éramos ladrones.

—Enciéndelo en intervalos de diez segundos cuando empiece la acción —murmuré. Eso acabaría con sus teléfonos y sus coches, al tiempo que nos permitiría comunicarnos cada seis minutos si lo necesitábamos. No podrían pedir refuerzos ni huir de nosotros en sus coches. Teníamos que ocuparnos del asunto antes de que se dieran cuenta de que estaban atrapados; la gente lucha con mucha más fuerza cuando ve que no tiene escapatoria. Pero no me preocupaba meter la pata. Tengo experiencia en atacar a multitudes como esta. Y las chicas tenían un regalo especial bajo la falda para ellos.

La pelea de perros se parecía mucho a la de gallos que habíamos visto antes, sólo que el ring medía metro y medio y no había niños ni personas mayores. Los matones expresaban su placer o frustración en una mezcla de inglés y vietnamita. Dos chicas blancas, ambas morenas y menudas, en vaqueros y bikini, destacaban entre ellos, con los ojos largamente abiertos ante el espectáculo de las putas que invadían su territorio. Blondie y Shocker ignoraron sus miradas torvas, centrándose en los muchachos que gritaban estruendosamente alrededor de los perros que gruñían en el ring, dos pitbulls de nariz roja que se desgarraban el cuello, las patas y las ancas en la húmeda tierra marrón.

La brutalidad de los animales había encendido todo tipo de sentimientos primitivos especiales en los hombres, genes guerreros que exigían a la tribu cazar, matar, sentir placer al dominar a los animales menores. Animados por la sangre, por el dinero y el estatus, excitados ansiosa y carnalmente. El ambiente era más crudo de lo que había sido la pelea de gallos, más brutal. Los moralmente conscientes dirían que esta acción excitante estaba mal, incluso más que la pelea de gallos. Los perros son el mejor amigo del hombre, bla bla bla, mientras nosotros comemos pollo. Como quieras usar los valores culturales o religiosos para justificar el comer o pelear con otras especies es tu asunto. Yo no tengo ninguna ambigüedad moral al respecto. Los animales tienen los mismos derechos a mis ojos. Yo como pollo, y me comeré a tu perro si me enfadas lo suficiente.

Mi papel era cuestión de la sonrisa babosa. Esta gente se creyó el papel de chulo sin problemas. Fui capaz de invadir su espacio sin abofetear ni engatusar a nadie. ¿Quién quiere hablar con un chulo baboso? Mi supuesto título me liberaba de tener que socializar. "Genio" murmuré en agradecimiento a mi cerebro, sintiendo un merecido momento de ego.

Suave como un chulo, deslicé una mano sobre mi pelo engrasado hacia atrás.

—Parecen demasiado absorbidos por los perros. ¿Cómo vamos a hacer esto? —Shocker me susurró coquetamente al oído, sonriendo y acariciando mi mejilla.

Roce mis labios en su oreja. Ella soltó una risita.

— ¿Tienes el Special K? le dije.

—Mmm-hmm. —Sonrió y miró a los ojos a un tipo que la miraba. Saludó juguetonamente.

—Sigue el ejemplo de Blondie.

—De acuerdo —refunfuñó, y luego se apresuró a plantar de nuevo la sonrisa de prostituta.

Me acerqué y apreté el trasero de mi chica. Lo hago mucho, tanto que se ha convertido en parte de nuestra comunicación. Este apretón dijo: "Ponte a trabajar, mujer".

—Te entiendo, Raz —respondió, inclinando la cabeza hacia Shocker. No podían caminar por la hierba alrededor del ring de lucha con tacones y mantener el lenguaje corporal que deseaban proyectar. Pero había pasarelas de ladrillo y piedra por todo el patio, y la terraza era grande, del ancho de la casa, los bancos llenos de gente, todos ellos bebiendo cerveza o bebidas mezcladas de un bar improvisado, una pequeña mesa forrada de bebida y dos chicas atractivas en bikini, una nevera de hielo y un barril de cerveza entre ellos sobre la madera manchada.

Mis prostitutas caminaban por el camino de ladrillos hacia el ring de lucha como modelos de pasarela, con el cabello, las tetas y las nalgas rebotando de forma llamativa. Los luchadores de perros se dieron cuenta de las bombas y aumentaron su juego bullicioso. Con los niveles de testosterona al máximo por las peleas viciosas, sus impulsos sexuales se aceleraron también. El salto de la Pelea a la Joda fue un asunto fácil para cualquier hombre de raza gamberra/pandillera. El Efecto Mujer Bonita hará que un hombre haga cosas realmente estúpidas, así que no me sorprendió escuchar a los hombres gritar apuestas ridículas, mostrando fajos de billetes mientras sus ojos estaban pegados a Blondie y Shocker. Algunos estaban tan borrachos o enloquecidos hormonalmente que imitaban a los perros, ladrando, gruñendo, moviendo la cabeza de un lado a otro como si estuvieran buscando morder el pellejo de un enemigo. Mi lobo interior respondió, dosificándome una temblorosa oleada de adrenalina y endorfinas. Aullé desafiante.

Una vez cumplido su objetivo de atraer la atención, las prostitutas giraron en la pasarela y se pavonearon para cubrirse, pasando junto a las chicas que servían Bud Light en vasos de plástico desde el barril helado, con gotas de condensación centelleando húmedamente en el acero inoxidable. Nadie me prestó atención, así que me senté en una silla de jardín y me relajé para ver el espectáculo.

—Gracias, señoras —les dijo Blondie a las linduras, con el ceño fruncido. Lo hacen muy bien. Ya se pueden ir. Hizo un gesto despectivo con la mano, y las chicas se apartaron con intimidante incredulidad, saliendo vergonzosamente del patio hacia la casa.

— ¡Ja! —aplaudí. Logro desbloqueado. Saqué mi cocaína. Tomé unos cuantos pases rápidos.

Blondie miró hacia el ring de lucha. Todas las miradas estaban puestas en los nuevos camareros: los muchachos del porche, los del garaje, los matones del ring de lucha... todos miraban fijamente a las chicas blancas más malas que jamás habían visto. Blondie tenía su atención, pero no era suficiente. Tenía que reunir a todos. Miró a Shocker.

—¿Alguna vez has hecho una parada de barril?

—Em...

—No importa. Sólo sostén mis piernas. —Se giró hacia el gánster más cercano, El Chico, y le apuntó con un dedo. Él sonrió como un ganador de la lotería, se acercó a las diosas y al barril entre ellas—. Acércame el grifo a la boca y cuenta los segundos —ordenó Blondie. El Chico asintió rápidamente. Blondie sonrió a la multitud—. Hay un nuevo servicio de bar en la casa. ¿Alguno de ustedes, debiluchos hijos de puta, quiere desafiarme en un duelo de barriles?

Los hombres levantaban sus copas o gritaban en vietnamita, inglés, algunos comentarios lascivos en francés.

Se formó una cola en la barra. Blondie agarró el borde del barril con ambas manos y saltó en posición de firmes, con sus largas piernas clavadas en el aire, los tacones de aguja inclinando su magnificencia como dos pararrayos de un rascacielos. Shocker la agarró de las pantorrillas, la sujetó con un pequeño gruñido femenino, el sonido era más de molestia que de esfuerzo. Sus brazos se abultaron con músculos desgarrados, y los ojos se abrieron de par en par con asombro. Podía ver los engranajes girando en la cabeza de todos. «¿Cómo pueden tener las prostitutas este aspecto?» decían sus rostros desconcertados.

La falda de Blondie se bajó lo suficiente como para que todo el mundo pudiera ver sus bragas verdes brillantes y se olvidara cualquier pregunta que pudieran tener sobre si era una prostituta.

«Ella muestra a todo el mundo menos a mí», hice un mohín.

Una prostituta supermodelo haciendo mostrando las bragas de cabeza sobre un barril era todo un espectáculo. Blondie había drogado a todos con lujuria o envidia, emociones que les impedirían captar la siguiente fase de nuestro trabajo: drogarlos de verdad.

Blondie chupó el grifo de la mano de El Chico mientras contaba los segundos. Los hombres que los rodeaban gritaban: "¡Vamos! ¡Vamos! Vamos!" mientras las amigas se quedaban en las afueras con puro odio coloreando sus encantadores ojos epicánticos. Blondie escupió el grifo después de un minuto entero.

— ¡Chúpate esa! Gusanos, no pueden superar eso.

Riendo genuinamente por primera vez desde que llegamos, Shocker la bajó. Nadie quería intentar un salto de barril, probablemente temiendo el ridículo que sufrirían al no poder vencer a Blondie. Mi chica se enderezó la ropa en señal de satisfacción, miró hacia mí.

Dije "verde" y esnifé un maravilloso pase, enlazando mis dedos detrás de la cabeza.

Las chicas empezaron a llenar vasos de cerveza, la bebida de repente más popular. Mientras reflexionaba sobre el éxito de mi chica como modelo portavoz de Budweiser de primera categoría, la vi a ella y a Shocker poner ketamina en más de veinte vasos de cerveza. Los receptores la sorbían alegremente, limpiando la espuma fría de las bocas que competían continuamente por la atención de las diosas que dirigían el espectáculo.

Me reí, aplaudí y volví a sacar la cocaína. La silla de jardín era cómoda. La recosté hasta el fondo. Crucé los tobillos. Resoplé varias veces.

El tranquilizante hizo efecto casi inmediatamente. Los muchachos vaciaban sus tazas rápidamente para tener una razón para acercarse de nuevo a las chicas, para rellenar y tomar más Special K. Se tambaleaban después de la primera taza, y se sentaban después de la segunda. Algunas de las amigas atendían a sus ebrios con gran recelo, aunque creo que creían que sus hombres estaban simplemente desmayados bajo la influencia de Blondie y Shocker.

"Eso es lo que quieren creer", sonreí pensando. Los muchachos, y la mayoría de las chicas, habían estado bebiendo durante horas antes de que llegáramos. La Ketamina no sería notada por esta gente hasta que fuera demasiado tarde.

El sol me calentaba la cara y los brazos. Al ser un chulo baboso en una fiesta en casa, me sentí obligado a desabrocharme la camisa, abrirla para que todos pudieran admirar u odiar mis babosos abdominales. Volví a tumbarme, esperando que Blondie me dijera que nuestras marcas estaban listas para el golpe de gracia.

— ¿Ya estás listo? Me dijo Big Guns dijo al oído. Podrías haberlos aniquilado después de que B enseñara la mercancía.

Me reí.

—Este es su juego. Ella nos dirá cuando nos toque jugar —murmuré.

Suspiró en respuesta, y me imaginé sus dientes plateados destellando con impaciencia. Quería entrar en acción. Su actitud práctica fue lo que me hizo respetar al líder de la banda cuando lo conocí, hace cinco o seis años. Nunca ordenaba a sus hombres nada que no hiciera él mismo. Tenía muchas normas como jefe de cuadrilla que haría bien en imitar.

No recuerdo la última vez que vi un barril de cerveza vaciarse tan rápido como lo hizo éste. Al cabo de treinta minutos, casi todos los presentes estaban empapados de alcohol y, sin saberlo, de algo que no debe consumirse con alcohol. Dos personas estaban vomitando junto a la valla. Otro estaba profundamente dormido sobre su espalda, con la nariz ancha proyectando una sombra sobre su barbilla, con un sol brillante que calcinaba su piel. Los perros estaban completamente olvidados, tres de ellos atados a la valla. Uno lamía un charco de vómito. Otros corrían de un lado a otro arrastrando las correas. Blondie y Shocker tenían que ser más agresivas al rechazar los avances a medida que los hombres perdían más el control.

Percibí la masa crítica en el horizonte y me puse de pie. Me quité la camiseta. Blondie me hizo un gesto con la cabeza, apartándose de las manos que la tanteaban.

—El PEM está en marcha —dijo Big Guns y yo me dirigí a al patio, subí, caminé con decisión hacia un banco que se alineaba en medio de la barandilla. Empujé a las personas que estaban sentadas en él para que se apartaran de mi camino y me puse encima, girándome para mirar a la multitud que por fin se fijaba en mí. Las personas a las que había expulsado gritaron. Los que estaban sentados o tumbados sintieron que algo iba mal y empezaron a ponerse de pie. No les presté atención y levanté las manos.

—¡Silencio, campesinos! —rugí, con una voz de mando que atrapaba a todos. A los vietnamitas no les gustaba que les llamaran campesinos. Tenía toda su atención. Proyecté mis palabras, tratando de sonar como un apasionado juez del Tribunal Supremo—. Los gánsteres Two-Eleven y Oriental Babies quedan despojados de sus posesiones y deberán cesar todas sus operaciones en la Costa. Han ofendido y herido a cientos de personas a las que no tenían por qué molestar, y el pueblo no lo tolerará más. Estamos aquí para representar los intereses del pueblo.

Pillé a Blondie poniendo los ojos en blanco.

"Maldita sea, estás pasado de coca," Shocker me enfrentó.

Resoplé, con los ojos desorbitados y el corazón acelerado por la emoción. Sería un buen juez.

Mientras todos me miraban, Blondie y Shocker se habían quitado los tacones, sacaron unos zapatos planos de sus bolsos y se los pusieron. Pusieron los tacones de aguja en las bolsas. Los dejaron caer en un banco. Se pusieron el pelo en coletas. Shocker llevaba manoplas sobre guantes de cuero negro. Blondie se puso un par de guantes similares y agarró dos barras de hierro, cada una tan grande como un rollo de monedas de 25 centavos.

Flexioné los puños desnudos. Con calma, sin prisa, saqué de un bolsillo un par de guantes. Me tomé mi tiempo para ponérmelos. Extendí mis armas para pedir silencio y fui recompensado con docenas de ojos fulminantes. El juez Razor los sentenció.

—Hoy seréis castigados por lo que habéis hecho. Si decidís

continuar con vuestro innoble rumbo, como estoy seguro que haréis, volveremos. Y volveremos tantas veces como sea necesario para que ustedes, idiotas, entendáis el mensaje.

—¿Qué eres un federal? ¡Vete a la mierda tú y esas putas encubiertas! —El Chico se enfureció conmigo, apuntando con el dedo acusador a los miembros de mi equipo, arrastrando las palabras, desequilibrado. Enfadado porque le habían tomado el pelo como a un vulgar blanco en un bar de estríperes—. Somos cuarenta, y podemos ser más con una llamada telefónica. ¿Cómo crees que puedes castigarnos?

Como respuesta, le di una patada en la cara. Mis Rockport talla 44 golpeó su frágil pómulo desde mi posición elevada. —¡Aaarrrgh! —jadeó, agitando a la gente que le rodeaba para no caer. Lo agarraron, mirándome con una graciosa y aletargada sorpresa. No sólo había agredido a su hermano, sino que había amenazado su forma de vida. Lanzaron gritos de guerra ebrios y se apartaron unos a otros para llegar a mí.

Salté del banco, por encima de la barandilla hasta el césped, aterrizando de pie. Levanté la vista para ver a Blondie y a Shocker meterse entre la multitud con puñetazos rápidos y devastadores, todo un espectáculo, aprovechando la atención sobre mí para golpearles en la nuca, brutales puñetazos de conejo que hacían caer a los hombres tranquilizados con facilidad. Se dirigieron rápidamente hacia los hombres armados y los dejaron sin sentido antes de que las marcas se dieran cuenta de que había una pelea.

Una ráfaga de brazos y rostros sombríos se abalanzó sobre mí desde la izquierda, más saltando la barandilla, cuatro tipos tratando de rodearme. Salí bailando de su trampa, lanzando largos golpes a sus ojos enfurecidos. Planté mi pie trasero, me impulsé con fuerza y lancé un derechazo a la barbilla del hombre más cercano. Fue un golpe demoledor, que se sintió profundamente en el hombro. Se le rompió la mandíbula en más de un sitio y cayó al césped sobre el estómago, gimiendo débilmente, inconsciente. Los otros tres vieron la facilidad y precisión con la que había despachado a su camarada y se pusieron sobrios.

Redujeron la velocidad de su carga, pero eso no sirvió de nada; cargué contra ellos, y la inesperada guerra relámpago los congeló el tiempo suficiente para que pudiera bombear mis piernas, mis caderas y mis hombros, y los puñetazos derribaron a dos de ellos, y un rápido pivote y un derechazo por encima del hombro acabaron con el tercero. Mis puños apretados los atravesaron como ejes hidráulicos, golpeando con una energía explosiva e infinita, tirándolos al suelo. Sus equilibrios drogados no tuvieron suerte contra mi velocidad. Miré a mi alrededor y vi a los testigos que me miraban fijamente, indecisos de luchar contra el lobo asesino. Varios huyeron tan rápido como pudieron, tambaleándose, saltando sobre el césped y la cubierta, atravesando la casa mientras los puños de hierro de Blondie ardían a su paso. Otros saltaron la valla y se refugiaron en los patios vecinos. Un pitbull atacó a uno de los que saltaron la valla, cediendo a su instinto de perseguir y morder a los que corrían. El tipo gritó de dolor, con los pantalones desgarrándose estrepitosamente, con la carne desgarrada por los afilados caninos.

—¡Ja! —aplaudí—.

Me di la vuelta y corrí alrededor de la cubierta hacia el lado opuesto de mis ganchos para impedir que la gente escapara de su furia. Había al menos una docena de matones y dos chicas de Viet Nam que seguían luchando, apiñados, enfrentándose a los combos abrasadores de la chica-bestia y la guerrera rubia. Sin espacio para balancearse sin golpearse unos a otros, fueron empujados lentamente hacia atrás y fuera de la cubierta. Uno de ellos me vio llegar por detrás y gritó una advertencia.

—¡Can than!

Me acerqué rápidamente y salté, haciendo que mi rodilla se

estrellara contra una cara cualquiera. Su nariz se rompió bajo mi rótula. Al mismo tiempo le lancé un uppercut que le rompió el ojo. Gritó de agonía y la sangre corrió bajo mis botas. Varios se giraron y lanzaron golpes salvajes, desesperados y llenos de pánico. Agaché rápidamente la cabeza hacia atrás, golpeando la cara de alguien detrás de mí. Un puño se estrelló contra mi oreja, haciéndome tambalear la cabeza. El golpe conectó limpiamente, pero sólo sirvió para agudizar mi concentración.

—Buen golpe —le dije al hombre, perforándolo con un combo de jab, derecha y gancho de izquierda. Soltó un suspiro cuando su estómago recibió el gancho, cayendo de rodillas.

Me llovieron más puñetazos, cuatro, cinco, seis tipos, mientras yo me daba la vuelta, con las manos en alto, apartando los puños, agitando la cabeza, pudiendo ver venir los golpes de los aficionados, centrándome en un movimiento hábil para evitar los golpes limpios. Afortunadamente, estos tipos no estaban en plena forma y no podían reunir la fuerza suficiente para golpear muy fuerte. Y es que hay una gran diferencia de habilidad entre los luchadores entrenados profesionalmente y los pandilleros callejeros promedio. También tenía una ventaja significativa de altura y alcance sobre ellos, y la utilizaba para mantenerlos al final de mis golpes, lejos de mí.

Sentí que mis brazos podían durar horas, la emoción de la batalla imbuyó mis músculos de un combustible ilimitado. Empecé a lanzar golpes largos, rectos y rápidos, combos con efecto de sierra. Una hilera de hombres de dos metros de ancho trató de presionarme, audaces ahora que estaban acorralados. Me centré periféricamente en cualquiera que saltara demasiado la línea que dibujé mentalmente en el patio, con los ojos extremadamente abiertos, observándolo todo a la vez. Pivoté sobre ellos con suavidad y golpeé, encendiéndolos con duros y furiosos disparos, girando para golpear a otro con una velocidad explosiva, reventando los labios, los ojos, la sangre floreciendo en los rostros, reajustando los hombros para relajarse y recuperarse una fracción de segundo antes de volver a lanzar con fuerza. No tenían ni idea de cómo acercarse a mí, los rincones del patio los mantenían unidos, impidiéndoles rodearme, meterse dentro de mis golpes. Ninguno de ellos estaba siquiera cerca de estar a mi nivel. Yo era un lobo entre perros medianos, y ellos lo sabían.

Para ser un buen deportista (y hacer que sea un desafío) decidí usar sólo mi gancho de izquierda. Cada luchador tiene un golpe en el que realmente destaca. Blondie tenía un gran jab, largo, nítido, y a tiempo podía derribar a un hombre con él, sin una barra de hierro. Shocker tenía una derecha inhumana. Mi golpe era el gancho. Podía lanzarlo desde cualquier ángulo, increíblemente rápido, al estilo de Roy Jones, Jr.

Un tipo con un mapa de Vietnam en su camisa se abalanzó sobre mí con un puñetazo en bucle. Me incliné hacia un lado, con el peso sobre mi pie izquierdo, explotando para lanzar un gancho a su mejilla. ¡Contragolpe! Mi puño resonó. Entrecerró los ojos con fuerza cuando el golpe desplazó su cara en el espacio-tiempo, lanzando un puñetazo inconsciente de camino al suelo. Su puño rozó mi pierna.

Giré a la izquierda, a la derecha, apartando varios golpes de un palo de madera que dispersaron a mis enemigos. Una mujer mayor que sostenía una gruesa escoba, la cocinera que nos recibió al entrar, la golpeó con locura, con la dura madera rompiéndose en las caras y los cuellos a ambos lados mientras gritaba en vietnamita. Como salida de una película de comedia.

Me resistí a golpear a la mujer, sobre todo porque me estaba ayudando. Varios hombres a los que había golpeado le gritaron. Se dio cuenta de lo que estaba haciendo, ajustó el agarre del palo y se dispuso a clavármelo. Le sonreí, «vamos, ¿en serio?». Su cara se contrajo para lanzar un grito de guerra, y luego se distorsionó de forma espantosa cuando la manopla de Shocker le hundió la mejilla, destrozando su mandíbula y sus dientes. Cayó inerte, pisoteada por dos hombres que luchaban por evitar los devastadores puños metálicos de la chica-bestia.

—¡Aaah! —aplaudí—. Resoplé un poco, y luego corrí de cabeza hacia la melé, reuniéndome con mis putas guerreras en el centro, los tres despejando la cubierta con nuestros golpes preferidos, los hombres huyendo heridos, las chicas llorando estridentemente, maldiciones, ruegos, preguntas gritadas desesperadamente en vietnamita rápido. Era un caos, y me deleité en el pánico colectivo del enemigo que huía. —¡Perra! —grité, golpeando a un matón con sobrepeso que se dignó a desafiar mi posición como rey del patio.

Sin objetivos que buscar y destruir, inspeccioné a Blondie y a la chica-bestia. El chaleco y la falda de mi chica estaban retorcidos sobre sus curvas, el pelo alborotado, el labio goteando sangre por una esquina. Se lo lamió, esbozando una sonrisa perversa. Shocker tenía una avería de vestuario, una teta cubierta por el sujetador sobresalía, de color blanco brillante, la sangre manchada al sol, el tirante roto colgando. Todavía llevaba su cara de modo de lucha: cejas bajas y apretadas, ojos oscuros y labios despegados de sus dientes apretados. Dos largos arañazos en la mejilla. Miré hacia abajo. Sus manoplas brillaban rojos en su sombra. Las venas palpitaban en sus extraños brazos. No podían esperar a golpear algo más.

Tenía una energía que yo envidiaba. Era una verdadera berserker, un ser humano poco común, sus habilidades físicas eran capaces de desafiar a la naturaleza. Lo poco que pude ver de su trabajo fue un verdadero placer. Maldita sea. Debería haber hecho que Big Guns filmara esto.

Al notar que mi interés estaba más centrado en la chica-bestia que en ella, Blondie se cruzó de brazos y frunció el ceño. Normalmente estoy encima de ella después de un trabajo como este. Y hace mucho tiempo que no hacemos un trabajo. Antes de que pudiera explicar que mi mirada lasciva era por respeto, Big Guns volvió a centrar nuestra atención en el trabajo que no había terminado.

—Problemas, me dijo al oído.

—¿Dónde? Me quedé helado.

—Dos coches se detuvieron. No parece una turba.

—No puede ser. El PEM impidió que nadie pidiera ayuda. Hay probablemente una docena de personas en la puerta preguntándose por qué sus teléfonos y coches no funcionan.

—Debe haber una reunión programada. Diep acaba de salir de un coche. ¿Qué hace aquí? —murmuró pensativo. Cuatro tipos salieron del otro coche. Su guardia personal. Son un poco más capaces que los gamberros que pusieron a dormir. Tengan cuidado.

—Muy bien. Miré a las chicas. La fiesta aún no ha terminado.

—¿Cuántos? —dijo Blondie.

—Cinco. Uno es Diep.

A Blondie se le saltaron los ojos.

—¿Quién es ese? —dijo Shocker. Su comportamiento era completamente diferente ahora. Más humano.

—Dirige la Sociedad del Tigre, respiró Blondie, mentalmente sorprendida al suponer las ramificaciones.

—¿Qué coño? Tomó aire y se arregló el pelo.

—No estoy seguro de por qué está aquí y los jefes de Two-Eleven y OBG no. Y no me importa. Esta es una oportunidad para agarrar la serpiente por la cabeza. Moví los brazos para evitar la rigidez.

Shocker golpeó sus puños.

—Vamos por ellos antes de que me enfríe.

Mi envidia me traicionó de nuevo cuando la chica-bestia se acercó y dio un puñetazo a un tipo que intentaba levantarse. Exhaló bruscamente cuando el golpe le dio detrás de la oreja, tirando su cabeza al suelo. Blondie me miró fijamente, echando humo, y me di cuenta de que al menos debería haberle hecho un cumplido por el aspecto de su culo durante la pelea, antes de que girara sobre una punta del pie y se alejara a la entrada de la cocina, poniéndose a un lado.

Suspiré y miré alrededor del patio. Varios perros olfateaban a los hombres en el suelo. El que seguía vivo en el cuadrilátero intentaba saltar la pared de madera, cojeando y moviendo su larga lengua rosa, demasiado herido para dar el salto. Varios fajos de billetes y bolsas de droga estaban en la hierba. El equipo de música y los altavoces del patio estaban destrozados y desparramados, las botellas y vasos de cerveza y las víctimas de Special K noqueadas yacían esparcidas por todas partes. El tranquilizante había complementado definitivamente nuestro trabajo. Si no fuera tan condenadamente inteligente, se sentiría como hacer trampa. Inhalé con una profunda sensación de logro.

Me dirigí a la puerta de la cocina. Las chicas se colocaron a los lados, fuera de la vista de cualquiera que estuviera dentro. Diep y su equipo me vieron nada más entrar en la cocina. A través de la puerta corredera de cristal vi a varias chicas y a El Chico hablando a la vez y haciendo gestos hacia el patio trasero. Diep dio una orden. El Chico llevó a las chicas al salón rápidamente, con las cabezas gachas, y cuatro hombres fornidos rodearon a su jefe como si fueran escudos, uno de ellos sacando una pistola de una funda de hombro.

—Mierda. Pistola. Le dije a mi equipo. Big Guns gimió. Miré a Blondie, Shocker. Cinco tipos, un arma. ¿Qué quieres hacer?

—Mierda, amor. Que se jodan. Blondie flexionó sus puños de cuero alrededor de los barrotes de hierro.

Shocker me miró, con ojos de demonio, en modo de lucha una vez más.

—No serán lo suficientemente rápidos. Deja que se acerquen —gruñó.

"¡Ah, hombre! ¡Qué chica más impresionante!"

Asentí con la cabeza, puse mi babosa cara de chulo.

—¡Eh, Diep! Maldito campesino. Lon (perra). Tus muchachos armaron una fiesta de mierda, hombre. Ni siquiera pudieron manejar un poco de acción sadomasoquista de dos putas.

Blondie gimió exasperada. Shocker dirigió sus ojos bestiales hacia mí. Les dediqué una babosa sonrisa de vendedor de coches, y luego vi cómo Diep y sus muchachos salían corriendo por la puerta para enfrentarse a mí.

El líder de la Sociedad del Tigre era alto para ser vietnamita. Tenía un aspecto muy americano. Llevaba el pelo cortado al estilo riquillo, el bigote y la perilla recortados en un rostro delgado y leonado. Los ojos estaban muy juntos, lo que le daba un semblante mezquino. Pantalones de vestir, camisa de seda negra. Su presencia decía jefe, y me dio la sensación de que su reputación de crueldad no era exagerada. Me señaló con un dedo, enfadado.

— ¿Quién...? —empezó, congelándose al ver la carnicería.

La pausa fue todo lo que las chicas necesitaban. Blondie anunció su presencia con un gancho lanzado a la entrepierna del pistolero, agarrando y arrancando al instante la pistola de sus manos. Se inclinó hacia atrás y luego hacia adelante rápidamente, martillando el arma en su estómago y cabeza repetidamente. El hombre se doblegó ante su despiadado ataque.

Shocker saludó con dos enormes derechas cargadas espalda con espalda, ¡PLAF! ¡PLAF! pulverizando las cabezas de los dos más cercanos a ella. Cayeron torpemente y ella siguió golpeándoles, los brazos producían un serio daño con cada golpe contundente.

Blondie apuntó la pistola al guardaespaldas restante, que intentaba sacar un arma de su espalda.

—No lo hagas —le advirtió, apuntando la boca del cañón a sus ojos. Él emitió un sonido frustrado de rabia y levantó las manos de mala gana. Shocker le dio un golpe en la nuca, tropezando al caer contra ella.

En los siete segundos que tardó Diep para voltearse para ver cómo atacaban a sus hombres, se vio cómo empezaba a perseguirle. Sacó una pistola de debajo de la camisa y consiguió situarse detrás de Shocker mientras ésta se revolvía y dejaba caer al guardaespaldas. La agarró por los hombros y le puso la pistola en la cabeza. Ella se quedó quieta, con los ojos desorbitados, y una emoción de lo más angustiosa e inesperada cruzó sus rasgos: el miedo.

Le han disparado antes.

Diep nos gritó, como un animal acorralado.

—¡Le dispararé! ¡Aléjate! Voy a salpicar su cerebro...

La mano que sostenía la pistola estalló en un chorro rojo, la bala atravesó la palma de la mano y se introdujo en el revestimiento de vinilo contra el que se desplomó. La sangre, la piel y los trozos de metacarpianos cubrieron el cabello, la mejilla, el brazo y el vestido de Shocker, y gotearon en el suelo. La pistola repiqueteó en el patio. Diep rugió de agonía, con la voz alta, ululando. Se agarró la muñeca en un intento de hacer un torniquete al flujo de sangre arterial que salía por todas partes. Se apoyó en la casa, con los ojos desorbitados por el trauma, gimiendo y luego gritando, pidiendo ayuda.

Shocker decidió ser de ayuda. Levantó la vista hacia ella. Ella se centró en su barbilla levantada y envió su gancho de manopla en una misión de bombardeo, gruñendo con feminidad animal mientras lo sacaba de su miseria. Se deslizó por la pared, cayó de lado, con la cara sobre el cemento. Su dolor se acalló, se oían los sonidos del verano en el barrio, el tenue tecno que aún latía en el salón. Shocker se inclinó y le quitó el cinturón a un guardaespaldas, lo ató con fuerza a la muñeca de Diep y lo sentó. Levantó el brazo herido por encima y detrás de la cabeza, dejándolo allí.

—Está por encima de su corazón. No se desangrará antes de que lleguen los paramédicos —dijo, tratando de limpiarse la sangre de la cara. La sangre se esparció como pintura de guerra, y la vista y el olor me provocaron todo tipo de sensaciones extrañas en la boca. Quería morder algo.

— ¿Quién le disparó? —dijo Blondie, mirando por encima de la valla en la dirección desde la que se había disparado. ¿Big G trajo un rifle?

—No —respondí, sabiendo quién nos daba apoyo de francotirador. Me protegí los ojos, buscando en las azoteas de las muchas casas que se veían en la siguiente manzana. Las tejas brillaban con la luz de la tarde. Una casa situada a más de cien metros tenía una chimenea con una figura vestida de negro recostada en un lado de la misma. Un enorme rifle negro sobre un trípode estaba apoyado frente a él, silenciado, supuse, ya que nunca oímos el disparo. Podía sentir el punto de mira mientras nos observaba con su visor. Ayudé a levantar una mano y mostré un OK en señal de agradecimiento.

Blondie también lo vio.

— ¿Quién demonios es ese?

—Loc —respiró Shocker.

Sonreí ampliamente, satisfecho con mi equipo.

—Nuestro nuevo recluta.

6

¡AL DIABLO!

Me puse en cuclillas detrás de mi chica y le dí una palmada en el trasero.

—¡Buen trabajo! Le chocaba los cinco antes de que pudiera apartarse, sonriendo ante su grito. Me agaché para evitar su respuesta.

—¡Cabrón! Y justo cuando estaba a punto de mostrarte otro de los secretos de Victoria. —Se cruzó de brazos y giró la cabeza.

Estábamos en el dormitorio de nuestro apartamento. Blondie llevaba una gran toalla blanca envuelta, y otra más pequeña en la cabeza. Olía a aceites de baño exóticos. Yo estaba desnudo. Me senté en la cama y me quité los calcetines—. Lo siento, nena. Sabes que no puedo evitarlo. Tu trasero hizo un trabajo tan magistral hipnotizando a todos esos gánsteres, que tuve que darle un reconocimiento.

—Mmm-hmm, claro. —El sol poniente irradiaba sus rayos a través del enorme ventanal que había detrás de ella. Las tonalidades teñidas jugaban ingeniosamente sobre su rostro y sus curvas envueltas en blanco. Ella sonrió cómo perdonándome. Muy bien entonces. Ve a ducharte. Estaré lista cuando salgas. Me pasó una mano por el pecho, el estómago y me pasó un dedo por la cabeza del pene.

Mi Amigo se quejó alegremente. Resistí el impulso de cogerla en ese momento y me dirigí rápidamente a la ducha, ignorando el misil que buscaba carne y que me abofeteaba las piernas como si tratara de darme la vuelta.

Limpio, seco, con un par de calzoncillos negros puestos, volví a entrar en nuestro dormitorio. El espacio era amplio y acogedor. La alfombra era azul, las paredes eran de un blanco sencillo con varias escenas de motocicletas y boxeo pintadas directamente en la pared de yeso en una esquina. En el lado opuesto de la habitación se encontraba una de mis obras maestras (si me permiten decirlo). Un campo de flores pintado con aerógrafo en estilo realista, con hierba alta de cerca y más corta al fondo. Caminando en medio del campo había tres mujeres muy primitivas, desnudas. Rubias. Morenas. Escarlata. Gemas preciosas en bruto, sin maquillaje ni peinados caros. Sin joyas. Su belleza estaba en el estado más natural, sin ninguna posibilidad de superficialidad. Cuando las vi me sentí renovado. Cuando le pregunté a mi compañera de piso qué le parecía, movió la mano para indicar mediocridad diciendo "Meh...".

La cabecera de la cama estaba colocada justo debajo de ellas, frente a la ventana, con sábanas blancas que brillaban con el mismo rojo dorado que el pelo de mi chica de fantasía escarlata, un nido mágico para la diosa real que se extendía en el centro sobre varias almohadas. Piernas cruzadas por los tobillos, botas negras altas que terminaban a medio muslo. Un liguero de encaje de un material que no conocía pero que me gustó al instante estaba sujeto a ellas. Su lencería era de color púrpura y verde claro, con encaje blanco alrededor de las tetas. Unos bonitos lazos de color verde más oscuro coronaban sus hombros, más en su pelo, que ya estaba casi seco, con largos mechones que enmarcaban su rostro sin maquillaje. Mis ojos bajaron. Su vientre estaba desnudo y se le hacía agua la boca. Se frotó las manos a lo largo de los costados, sobre el estómago, lenta y sensualmente, con los ojos medio cerrados. Ahora no estaba actuando; ésta era la verdadera Blondie. La mujer que me amaba. Su forma de actuar era completamente diferente a cuando trabajaba con sus encantos a voluntad. Su seducción sincera y vulnerable era sólo para mí, realmente especial, y mucho más sensual.

Abrió los ojos.

— ¿Te gusta? —dijo con voz tierna y jadeante.

—Oh, sí. Me puse a los pies de la cama, de rodillas, y comencé a frotar sus botas.

Se rio con placer.

—Bueno, te comiste la última lencería que compré, aún me debes por eso, por cierto, así que decidí ir por una ruta diferente esta vez.

— ¿Diferente? ¿Cómo podrías estar más sexy?

Como respuesta, abrió las piernas, mostrándome el par de bragas sin entrepierna más sexy de la Tierra, una prenda transparente de color púrpura que mostraba sus pubis rubios como si fueran joyas de Zales. Mi erección estaba al borde del dolor. Ella vio que mi otro cerebro intentaba tomar los mandos y me puso una bota en el pecho, me empujó hacia atrás, sonriendo socarronamente.

—Me debes un mega juego previo —sus hermosos ojos se estrecharon hacia mí.

Levanté las manos.

—Oye. Si tu cosita le hizo eso a esas bragas, no me acercaré a ella.

Se rio a carcajadas.

—Sí, claro. Puso las piernas debajo de ella rápidamente, se sentó sobre sus rodillas, la boca a un centímetro de la mía, los ojos brillantes mirándome fijamente. Acarició la parte delantera de mi ropa interior.

—Te acercarás a esa «cosita» cuando yo lo diga. ¿Entendido? —susurró.

Todo lo que pude hacer fue gemir en respuesta.

—Llevo una eternidad esperando aquí fuera, —se quejó Shocker cuando Blondie la dejó entrar por la puerta principal. Vi que tus luces se encendían y apagaban muy rápido, y oí música, así que supe que estabas aquí. ¿Qué demonios?

—Tenemos un Clapper —mencioné, sentándome en una silla en la sala de estar.

Blondie se mordió el labio y cerró la puerta.

— ¿Una Clapper? ¿Así que sólo pasan el rato y aplauden al ritmo de la música?

—Sí. Digamos que aplaudimos. Sonreí con cara de malicia.

Blondie se aclaró la garganta, luchando contra una sonrisa.

Shocker se dio cuenta de lo que hacía parpadear las luces como si un mono de laboratorio drogado controlara el interruptor. Suspiró y sacudió la cabeza.

—Ustedes, nerds, tenéis tanto sexo que me dan ganas de hacerme un test de embarazo.

—¿Dónde está Ace? —dijo Blondie, sentada en un diván de cuero gris que hacía juego con mi silla, una pequeña mesa de cristal entre nosotras, la lámpara encendida, iluminando su fresco brillo de maquillaje. La habitación tenía un techo bajo para dar sensación de cercanía, suelo de madera, sin alfombras, una pequeña televisión que nunca usábamos. El arte de las paredes era una mezcla de rarezas. Nuestros gustos en cuanto a pinturas iban desde la maldad horripilante hasta paisajes impresionantes y un retrato de Marilyn Monroe. Teníamos un montón de arte por todo el apartamento.

Shocker inspeccionó el asiento junto a Blondie antes de sentarse en él de forma vacilante.

—Ace está en casa de Bobby. No se sabe qué están tramando. Perry llegará en unos minutos. Va a prepararnos una gran comida. Ella sonrió con cariño, ajustando su top ajustado, la fuente de alimentación de su manga de compresión negro sedoso. ¿Alguna noticia de Big Guns?

Miré a Blondie.

—Justo después de que nos colarnos en la fiesta del Two-Eleven, Diep fue al hospital, donde apareció un ejército de gánsteres. La policía de Biloxi tuvo que hacerlos salir. Toda la Sociedad Tigre ha sido alertada, a nivel nacional. Big G dijo que cada afiliado de la ST con edad suficiente para sostener un arma ha sido armado y ha dado nuestras descripciones. Le dijo a Shocker.

—Bien —sonrió Shocker. No me importa que me reconozcan en este caso.

—La próxima vez lo filmaremos —bromeé.

— ¿Cuándo es la próxima vez, señor presidente? Ambos me miraron, pero antes de que pudiera responder alguien llamó a la puerta.

—Yo me encargo. Blondie caminó descalza hasta la puerta, con sus pantalones cortos amarillos y su blusa blanca que parecían hacer brillar su pelo. Se asomó por el agujero, chilló de alegría y abrió la puerta de un tirón, con los brazos abiertos para dar un abrazo a Perry. Bobby y Ace se agolparon detrás de él, todas sonrisas.

Perry llegó a sus brazos, con las manos llenas de bolsas de la compra y tupperware.

—Cariño —la saludó.

Le rodeó los hombros con delicadeza, dio un paso atrás, hizo un gesto para que todos entraran y lo cerró. Señaló la cocina, el salón. Siéntanse como en casa.

Perry asintió a Shocker, que se levantó para abrazarlo rápidamente. Me asintió, con las bolsas arrugadas en sus enormes manos.

—He oído que han tenido un buen día. Pensé en ayudar a reponer esas armas que llamáis brazos y piernas. Sonrió y se dirigió a la cocina, mientras Blondie le seguía.

Miré a Shocker.

—Qué agradable sujeto.

Ella sonrió.

—No dirás eso después de que te hinche la tripa con toda la comida con la que nos va a mimar.

—Cierto. Me di una palmada en el estómago. Éste emitió un ligero gruñido, reaccionando al sublime olor que sabía que saldría de mi cocina en cualquier momento.

Ace se inclinó y besó a Shocker.

—Querido —dijo con cariño. Entrecerré los ojos en su camiseta. WIRED se proclamaba en cables y componentes electrónicos artísticamente coloreados.

—Hola tú. ¿En qué han estado trabajando ustedes dos? —dijo, sonriendo a Bobby.

—Destrucción —respondió Fortachón. Se colocó frente al televisor de cara a nosotros, con las manos en los bolsillos de los vaqueros, otra camiseta de tirantes de culturista mostrando su inmensidad, esta de color naranja fluorescente.

—Ace, dijiste antes que tenías un "Wrecker". No soy tan experto en informática como tú y Blondie. ¿Podrías explicarme qué es eso? —pregunté.

—Es Apex —dijo Blondie mientras Ace abría la boca. Se lamió algo del dedo, saliendo de la cocina.

Ace no cerró la boca, mirándola incrédulo. Cómo...

Blondie le sonrió. Se volvió hacia mí.

—¿Recuerdas cuando leímos sobre las redes de bots?

Asentí con la cabeza.

—Un superordenador compuesto por millones de ordenadores y portátiles conectados. Los ojos de Blondie brillaron.

—Está más allá de mi experiencia, aunque siempre he querido diseñar un malware para poner en marcha un sistema así.

—No, no es así —murmuró Ace, mirando la alfombra.

Mi chica se encogió de hombros.

—Las redes de bots comienzan con la creación de un virus troyano dentro de un anuncio de "descarga gratuita". —No dejó que su actitud cínica afectara su entusiasmo—. Lo envías por correo electrónico a un montón de personas y siéntate a contar cuantos hacen clic en él. Tendrás el control de la potencia de procesamiento de sus ordenadores. Hazte con unos cuantos millones de ordenadores y tendrás más capacidad de procesamiento que los mejores superordenadores del mundo. —Ella sonrió con nostalgia—. Sólo hay unas pocas redes de bots conocidas. Las personas que las dirigen a veces alquilan tiempo de procesamiento, de forma similar a como una universidad alquila tiempo en sus superordenadores. Necesitaba un poco de potencia para un trabajo en el 09, y encontré un operador notorio en la red que se hacía llamar Apex. Intenté rastrear su ubicación, pero no pude, por supuesto. —Sus manos teclearon en el aire mientras ponía cara de cachorrita por la decepción. Luego sonrió—. Pero eso no fue problema, pude encontrar otras salas de chat en las que hacía negocios. "Wrecker" y "Wrecking" era como describía su equipo y su trabajo.

—¿Eres Barbie Asesina? —dijo Ace, con una voz todavía teñida de incredulidad, aunque ahora llena de respeto.

—Me reconociste, hijo de puta. Blondie sonrió con belleza

y extendió el puño. Lo chocó y esbozó una sonrisa nerviosa, se volvió hacia su chica.

Shocker y yo nos miramos con el ceño fruncido. Bobby se quedó pensativo. Perry, ajeno a nosotros, cantaba una canción country mientras las sartenes chisporroteaban y las especias llenaban el apartamento con aire acondicionado.

—Mi compañera es la Barbie Asesina —dijo Shocker, inclinando la cabeza hacia mi chica. Ella miró a Ace, decidiendo si se enfadaba por no conocer su nombre criminal mientras los demás sí lo sabían—. ¿Por qué Apex, Ace?

—Apex es el tope, la cúspide —intervine—. El depredador supremo. El animal por encima de todos los demás animales. Asesino de asesinos.

—Lo certifico, —dijo Blondie a la sala—. Podía él derribar cualquier sistema, derrotar a cualquier hacker o empresa de seguridad que lo desafiara. Un malvado HP.

Observé atentamente a Shocker y a Bobby. No les sorprendió esta revelación. Saben de la habilidad de Ace, obviamente. Pero él no les había contado todo. Miré con atención a la chica-bestia, al nerd, poniendo las piezas del rompecabezas en su lugar.

—Lo dejaste cuando la conociste —le dije a Ace, sin duda. Parecía avergonzado. Sonreí, tenía razón.

—Sí —dijo—. Lo dejé. Ella me salvó la vida. Me estaba convirtiendo en un supervillano.

— ¿Qué hay de malo en ser un supervillano? —dije. Las chicas se cortaron los ojos para mostrar la valía de mi ingenio, y yo les hice un doble dedo medio—. Súper villano —dije con una sonrisa malvada.

Blondie negó con la cabeza a Shocker. «Hombres», se encogió de hombros. Shocker resopló con desdén. Bobby les dedicó a todos una brillante sonrisa de «Los blancos están locos» mientras Ace seguía estresado y echando de menos el humor.

—Eres la primera persona que me relaciona con Apex —le dijo a mi chica—. Muchos lo han intentado.

Blondie contó con los dedos.

—Se te conoce como el hacker malvado que fue arrestado mientras trabajaba para WikiLeaks. Eres un mago. Y acabas de admitir que eres Apex. En realidad solo estaba blofeando. Para mí, "Wrecker" era un nuevo programa.

Shocker le dirigió una mirada de reprimenda.

—¡Idiota!

—Encantadora. ¿Y qué es un Wrecker? —Volví a preguntar.

—Un ordenador. Lo construí para...

— ¿Ser un Súper villano sexy? —sugerí. Levanté las manos—. Oye, lo entiendo.

Finalmente sonrió sin tensión.

—Claro. Pensé que podríamos usarlo. Bobby y yo lo trajimos aquí. Está en mi coche. Podemos instalarlo en tu garaje.

—Se puede hacer. ¿Qué te parece, Chuletita? —Miré a Blondie.

—Iremos al garaje después de comer. El supervillano y yo podemos probar el Wrecker mientras ustedes hacen el reconocimiento con el dron. —Tomó su BlackBerry de la mesa—. ¿Alguien quiere café? Una boutique a la vuelta de la esquina hace entregas.

—Está presumiendo —dije a la sala. Es la dueña del lugar. Esperen a ver cómo hacen la entrega.

—¿Los repartidores están desnudos o algo así? —Dijo Shocker. Todos se rieron. Blondie esbozó una sonrisa críptica y luego envió un mensaje a su tienda para pedir el café.

Me levanté y entré en la cocina. Perry tenía sartenes y utensilios en uso que yo había olvidado que tenía. Tarareaba jovialmente, el chisporroteo y el estallido del aceite hirviendo a fuego lento en el fogón acompañaban su mermelada como símbolos y percusiones babosas. La rejilla de ventilación sobre los quemadores aspiraba el humo picante y humeante. Me asomé a la ventana del horno pero no pude saber qué tipo de carne me hacía agua la boca.

No importa, las fauces de mi lobo interior sonrieron. ¡Carne! ¡Carne! ¡Carne! ¡Carne!

—Debería estar listo en unos minutos —dijo Perry—. Espero que te guste el tofu.

—¿Qué carajos? Deja de amenazarme. —Mis cejas se fruncieron dolorosamente.

Perry se echó hacia atrás y se rio a carcajadas.

—Me conoces mejor que eso, muchacho. ¿Crees que me he puesto así comiendo imitaciones de soja? —Acarició su considerable circunferencia—. Tú lo sabes mejor. Pon la mesa. Me estorbas. —Pasó a mi lado con una sonrisa, tarareando una vez más, y cogió un guante de cocina. Abrí un armario y saqué algunos platos.

—Estas... —murmuró Bobby alrededor de una boca de carne diez minutos después— son las mejores costillas que he probado.

Perry sacó su ancha mandíbula con alegría y le pasó una botella de A-1 a Ace. La mesa era apenas adecuada para sostener todo, su parte superior no se veía por toda la comida, los platos y los codos. Blondie y yo compartíamos un lado, frente al nerd y la chica-bestia. Fortachón y Perry en los extremos. Una sartén de costillas en el centro acaparaba la atención de todos. La jugosa carne asada tenía pequeñas volutas de olor

136

que invadían nuestras narices, haciendo que nuestro apetito se disparara. En una sartén contigua se salteaban champiñones, cebollas y pimientos. Un gran plato de calabaza y tomates, cuencos de maíz dulce y ensalada. Pan francés, tostado con mantequilla espesa y ajo.

Comí una cantidad asquerosa. Todos lo hicimos.

—Dios mío —se quejó Blondie—. Voy a necesitar una liposucción después de esto. —Se inclinó hacia atrás, frotándose el estómago.

— ¿Quieren ir al gimnasio más tarde? —preguntó Bobby, con un tenedor firme.

—Lo haremos —dije, resistiendo el impulso de coger una quinta costilla. Suspiré y empujé mi silla hacia atrás. Miré a Perry, cuyos ojos estaban animados por la comida y sus efectos sobre nosotros. Maldita sea. Tendré que redoblar mi cardio por la mañana para quemar toda esta buena mierda. Le hice una mueca y alcancé otra costilla. Perry soltó una carcajada.

Un fuerte y agudo pitido sonó desde el exterior de la puerta principal. Blondie se levantó rápidamente, mostrando una dentadura perfecta.

—Ese es el café. —Nos pusimos de pie y la seguimos, con caras de curiosidad por el servicio de entrega que pita en lugar de llamar a la puerta.

El pitido continuó. Al acercarnos a la puerta pudimos oír el sonido del viento agitado, como si un enorme ventilador estuviera en ALTA. Blondie abrió la puerta como uno de esos modelos de The Price Is Right y un pequeño helicóptero de cuatro rotores se cernió sobre nuestras caras, sus motores eléctricos girando increíblemente rápido, aunque silenciosos, la rugiente resistencia del viento su único escape. Se trataba de un Draganfly X4-P, una aeronave muy ligera, muy resistente, toda de fibra de carbono, con una cámara y una caja aislada colgando entre sus patines.

—Hola Crystal —dijo Blondie a la cámara, abriendo cuidadosamente la caja. Sacó dos cafés medianos. Se los entregó a Shocker, Ace. Cerró la caja.

—Hola, señora —chirrió una voz femenina desde un pequeño altavoz no visible. El Draganfly retrocedió y revoloteó en su lugar. Crystal continuó hablando por éste—. Cuatro cafés, señora. ¿Necesita algo más?

Blondie tomó el café del Draganfly #2.

—No. Te enviaré un mensaje si hace falta. Gracias.

—De acuerdo —chirrió, sonando exactamente como la adolescente que era—. ¡Que tengan un buen día!

Los Draganflies se alejaron rápidamente, el empuje del rotor se desvaneció y luego desapareció. Todo el mundo se quedó mirando en la dirección que tomaron. Sus bocas abiertas y sus ojos intrigados hicieron que mi chica se sintiera muy satisfecha. Ace seguía saludando ligeramente, de forma inconsciente, con la lengua asomando por un lado de su confusa boca. Se dio cuenta de que seguía saludando con la mano a Crystal, se detuvo, bajó la vista a su café, un café con leche moka de 340 gramos que añadía una sonrisa infantil a sus rasgos de nerd. Le dio un sorbo.

Blondie se estremeció por su reacción a todo aquello. Shocker la miró con una carga de preguntas que salían de sus ojos color avellana, con las venas retorciéndose de forma extraña en su parte superior del cuerpo.

Bobby sorbió su café.

—Ah... —Le dio un codazo a su nuevo amigo—. Muy bien. Suéltalo, princesa. Necesitamos saber cómo nos has transportado al futuro.

Blondie le devolvió el codazo, cerró la puerta y acercó su espresso al de él. Lo sorbió.

—Está bueno, ¿eh? La boutique se llama Blondie's. Entregamos café, pasteles, flores y artículos de tocador, cualquier cosa de menos de dos libras, a la comunidad local.

—¿Dos libras de carga útil? —Inquirió Shocker—. ¿Por eso necesitaron dos drones para entregar cuatro cafés?

—Sí.

—¿Los has construido tú?

Blondie negó con la cabeza.

—Draganfly Innovations los fabrica. Los vi en la red hace un par de años y me pregunté por qué nadie los utilizaba para la entrega al consumidor. Acababa de abrir Blondie's y pensé en probarlos en mi modelo de negocio.

—Es perfecto —asintió Shocker—. No hay más gastos de envío que los céntimos que cuesta cargar las baterías. Bebió un sorbo, pensativa. Todos se sentaron en el salón. Perry sonrió y volvió a la cocina para empezar a limpiar.

Blondie dejó su café sobre la mesa y señaló con las manos.

—El Draganfly X-four-p mide treinta y cuatro pulgadas de ancho y doce de alto. Los motores son sin escobillas, muy silenciosos. Los cuatro brazos que sostienen los motores y el cuerpo de la cámara son de fibra de carbono.

—¿Tecnología? —quiso saber el nerd.

—¿Tiempo de vuelo? —preguntó Shocker.

Mi chica puso su sonrisa de "Me encanta ser el centro de atención" y dijo: "Un potente procesador a bordo con once sensores lo hacen estable y fácil de volar. La cámara está aislada de las vibraciones tanto del chasis como del soporte de la cámara. Todo el equipo pesa poco más de 2 kilogramos, y puede volar durante treinta minutos con una sola carga."

Los ojos de Shocker se pusieron en blanco para calcular.

—Supongo que podría hacer entregas a ocho kilómetros de distancia y seguir teniendo suficiente jugo para llegar a casa —dijo.

—Sí, sobre eso. La cámara de doce megapíxeles toma imágenes increíbles. Se puede programar para que vaya a un lugar, haga fotos o vídeos y vuelva en piloto automático. Los empleados de Blondie's toman los pedidos por teléfono o por la web y cargan las compras en el Draganflies. Teclean la dirección en un ordenador portátil y vuelan hasta allí por sí solos. Cuando llegan a su destino, el piloto automático se desconecta y un empleado toma los mandos mientras habla con el cliente. Han visto la caja de carga. En ella se monta un lector de tarjetas magnéticas. Los clientes sacan su compra y pasan su tarjeta.

— ¿Y el vandalismo? —preguntó Bobby, de pie frente al televisor.

Blondie se encogió de hombros.

—Todavía no ha sido un problema. Pero si algunos niños tontos intentan derribar uno, se llevarán una sorpresa.

— ¿Cómo? —preguntó Shocker, que no es fanática del suspenso.

Hizo cara de disimulo. Hizo la mímica de rociar una lata.

—Un chorro de spray de pimienta. Hay un pequeño bote a bordo con un pequeño solenoide para descargarlo. Sin embargo, el software de evasión debería sacarlo del peligro antes de que eso ocurra; los sensores del sonar le avisan de cualquier objeto que se acerque. La caja de carga útil también se abre por debajo. Podría dejar caer dos tazas de café hirviendo sobre alguien. —Se rio al pensar en ello.

—Eso podría ser muy útil, Shocker sonrió con malicia.

—Lo sé, ¿verdad?

Mientras Blondie seguía exponiendo su concepto, observé a las chicas, asombradas de que parecieran haber dejado de lado sus diferencias. Fue un cambio gradual, basado en el respeto a regañadientes. Me vi obligado a revisar mi opinión de que nunca serían amigas aunque les pagaran por ello.

—Mmm —dije.

—¿Qué? Me preguntó Ace.

Levanté la cabeza ante el parloteo de las mujeres. Bobby me sonrió con complicidad, a su inquisitivo amigo.

—Ya no llevan la cuenta —dije.

—Eso lo podemos decir —añadió Bobby en voz baja.

—Oh —dijo Ace.

Las chicas se callaron abruptamente, mirándonos con recelo. A Bobby le pareció de repente muy interesante su espresso. Ace se sonrojó. Yo puse mi sonrisa de Sr. Buen Tipo número #1.

—Es bueno ver que las zorras ya no intentan comparar tetas.

Shocker miró a Blondie, molesta.

—¿Siempre se lo está buscando?

Como respuesta, mi lince rubia se abalanzó sobre mí con un golpe, su pequeño puño se estrelló contra mi hombro. Casi volteo la silla hacia atrás tratando de esquivarla. Todo el mundo se rio, las chicas me flanquearon mientras me levantaba para esquivar la jugada.

—Ya está bien —advertí. Agáchate, atrapa, bloquea. Pivotar. Me moví alrededor del sofá. Mostré los dientes, levanté las manos—. Estás advertido. Ahora has despertado un antiguo mal, Los Monstruos las Super Nalgadas. Mi voz de asesina de película de terror hizo que Bobby resollara con humor.

—¡Oh, mierda! —Chilló Blondie cuando salté el diván, la hice girar y le di varias palmadas fuertes a sus nalgas. ¡Ay! —Se frotó las curvas de dolor, saltando de puntillas, con cara de angustia.

Shocker se acercó a mí con una sonrisa que se volvió fea cuando bloqueé su golpe, la hice girar y ¡Whop! le clavé las nalgas con toda la fuerza que pude.

—Hijo de mmm —se mordió el labio, sujetando la zona ofendida con ambas manos.

—¡Los Monstruos de la Super Nalgada anotan! —cacareé, con los puños sobre la cabeza, arrastrando los pies en una danza de la victoria.

Ace me miró como si quisiera decir algo sobre los azotes a su mujer. Bobby murmuró algo junto a su oído y asintió. "DE ACUERDO. Esto no es coquetear," revelaron sus ojos.

Las chicas se volvieron hacia mí con puños enroscados y ojos vengativos. Todavía juguetonas. Pero un jugueteo más intencionado. La sensación de incertidumbre que a ningún hombre le gusta cuando se enfrenta a una mujer de ojos malévolos... Me agarró las pelotas y me quitó una parte importante de mi confianza.

"Blondie tiene una ayuda seria," le dijo mi subconsciente a los Monstruos de las Super Nalgadas. "Estás en problemas...".

Salto de nuevo sobre el sofá. Bloqueo a Shocker, desliza a Blondie. ¡Ay! ¡Ay! Tomo dos golpes al abdomen, uno en el riñón. Bloquear, atrapar, alejarlos. Era demasiado, sus cuatro puños pudieron superar mi defensa mientras me perseguían por el salón. Me coloqué detrás de Fortachón y lo empujé hacia mis atacantes. Se rieron, amenazaron con pegarle. Él levantó las manos, sin querer formar parte de su drama, y yo tropecé con la maldita mesa, cayendo boca abajo, gruñendo mientras ellas saltaban sobre mí. La respiración se agitó ante el intenso derechazo que aterrizó bajo mis costillas. Se rieron como locas, bombardeándome con una lluvia nudillos. Me cubrí la cara, el estómago, la cara de nuevo...

— ¡Uf! ¡Uf! ¡Ay! ¡Mierda, maldita sea, ya, ya! Ustedes ganan. ¡BASTA, MALDITA SEA!

—Cuando termine la hora de las cosquillas —dijo Perry, de pie junto a nosotros, limpiándose las manos en una toalla. Tal vez puedan decirme por qué todos esos pandilleros vietnamitas acaban de llegar al frente.

—Saben que fuiste tú —nos dijo Big Guns a mí y a Blondie. Miró a Shocker—. Puse a mis muchachos alrededor del edificio en caso de que Diep envíe a su gente aquí.

— ¿Aquí para qué? —Dijo Shocker poniéndose de pie—. ¿Para partirles el culo otra vez? Nosotros nos encargaremos de ellos.

Big Guns lanzó su sonrisa cromada. El recuerdo de su feroz asalto a los 211 antes salió en un gruñido divertido.

—Estoy seguro de que lo harán. Pero dudo que quieran acercarse lo suficiente para eso otra vez. Intentarán derribarte en un paseo en coche.

Hice una mueca. El apartamento ya no es seguro. Tendremos que mudarnos. Sabía que esto era una posible consecuencia, así que me preparé para ello. Sólo que no quería hacerlo tan pronto.

—Coño. ¿Alguna idea de cómo nos rastrearon?

Asintió con la cabeza.

—Vietech.

Los ojos de Blondie se abrieron de par en par alarmados.

—Eso no es bueno.

— ¿Quién es Vietech? —Preguntó Ace, de pie junto a su chica. Perry salió de la cocina, se cruzó de brazos y escuchó.

Blondie miró a Ace.

—El hacker de la Sociedad Tigre. Tiene su base en Nueva Orleans. Graduado en el M.I.T., máster en informática. Tiene fama de diseñar programas espía de primera categoría.

Ace esbozó una media sonrisa arrogante, con un ojo entrecerrado. No estaba impresionado.

—Nunca he oído hablar de él. Claro que hace tiempo que no estoy en el juego. —Hablaba como si el hackeo de grandes delincuentes fuera un videojuego. Cada vez me caía mejor—.

Un aficionado podría habernos rastreado hasta aquí. Hay cámaras por toda esta zona. Podría haber encontrado sus caras y luego buscarlas en varias bases de datos para identificarlas. ¿Deberíamos hacer una campaña para mantenerlo ocupado? —Sus dedos teclearon el aire, deseosos de entrar en una guerra cibernética.

Los labios de Blondie se torcieron.

—Hagámoslo. —Se giró para mirarme y me puso una mano en el pecho. Mi amigo notó que su tacto le producía un hormigueo—. Vamos al garaje para ver si podemos localizar a Vietech y neutralizarlo. ¿Me necesitas para algo?

Sacudí la cabeza.

—Te llamaré.

Me besó y abrazó a Perry. Ace la siguió por la puerta principal después de abrazar a la chica-bestia.

Big Guns me miró y sacudió la cabeza hacia la puerta.

— ¿Quieres que les ponga una escolta? Puedo hacer que Gat y Vu los sigan.

—No. No te ofendas grandote, pero no quiero que tus muchachos sepan dónde está el garaje. Todavía no. —Me crucé de brazos—. Igual que tú tienes informadores en la Sociedad Tigre, seguro que ellos tienen ratas en la Familia Dragón.

Big Guns asintió.

—Es cierto. Es un negocio crudo.

—Pensé que íbamos a hacer un reconocimiento o algo así —dijo Bobby desde el sofá—. Sí. No me siento bien sentado aquí. Este lugar ha sido comprometido —añadió Shocker, sentándose al lado de Fortachón.

—Lo haremos. Pero primero vamos a considerar nuestro próximo modo de ataque —sugerí. Big Guns miró por la ventana detrás del televisor, asegurándose de que su equipo estaba alerta. Se giró y se sentó en la silla. Miré a todos a mi alrededor. La Sociedad del Tigre tiene en jaque a docenas de negocios en Biloxi y D'Iberville. El Two-Eleven y el OBG cobran «cuotas de protección» todos los viernes. Creo que deberíamos interrumpir su recolecta.

Los ojos de Big Guns se habían oscurecido.

—No tienen honor. Toman y no dan nada a cambio —dijo.

Shocker exhaló un suspiro, con los brazos cruzados con fuerza bajo sus pechos.

—¿La Familia del Dragón tiene chanchullos de extorsión como ese?

Big Guns la miró fijamente. Una vena palpitaba en su frente. Con la voz entrecortada por la ira, dijo:

—La Familia Dragón solía proporcionar verdadera protección a la gente que la Sociedad Tigre está estafando y asaltando. Daban libremente, sabiendo que utilizábamos parte del dinero para beneficiar a nuestra gente. Nunca les amenazamos ni les golpeamos.

La chica-bestia parecía avergonzada.

—Oh —dijo, con los ojos abatidos. Bobby se rio y le dio un codazo para animarla.

Puse una mano en el hombro de Big Guns.

—Un gánster honorable. El último de la raza. —Volvió su vena palpitante hacia mí. Lo ignoré—. Los matones de la Sociedad del Tigre hacen las recogidas, ¿cuándo? Hoy es viernes.

—Alrededor de las cinco en la 'Ville. Luego asaltan algunos lugares en Division Street y Popps Ferry Road.

Miré mi reloj. 4:40 pm.

—Oportuno —les dije como si no hubiera planeado esto ayer—. Son diez minutos en coche hasta el lugar donde quiero darles.

— ¿Cuál es el plan? —Preguntó Shocker. Ella y Bobby se pusieron de pie, listos para ocuparse del asunto. Hablar de gente extorsionada había devuelto el fuego a sus ojos.

—Esperamos a que cobren de todos, y entonces saltamos sobre ellos. Les azotamos por sus transgresiones y devolvemos el dinero a las víctimas.

—Todo un Robin Hood, y esa mierda —dijo Bobby sonriendo. Su pecho se flexionó, los músculos saltaron de forma impresionante. Big Guns parecía querer flexionar en señal de desafío. Bobby le dirigió al gánster vietnamita una expresión que decía: "Cuando quieras, hombrecito".

—Buen plan, Señor Presidente. —Shocker chocó los nudillos conmigo.

Le sonreí. Mis caninos se sentían especialmente afilados—. El presidente dice, vámonos.

Todos agradecieron a Perry por la comida. Reiteró su oferta de primeros auxilios.

—Sé que lo van a necesitar —dijo saliendo por la puerta. Shocker se frotó los hombros llenos de cicatrices. Yo me froté el antebrazo, un recuerdo de una trifulca con tres borrachos. Las botellas de licor rotas dolían un poco. Intentamos no seguir a Perry mientras subía a su camioneta. El bloque 454 impulsó el GMC del 49 con encantadoras ondas de sonido turbo.

Cerré el apartamento después de que todo el mundo saliera y pulsé unos cuantos botones en mi teléfono para activar la alarma. Si alguien aparece por aquí, las cámaras activadas por el sensor de movimiento enviarán al instante un vídeo del intruso a mi BlackBerry. Los cuatro salimos a saludar a la tripulación de Big Guns, seis miembros de la Familia Real, un subconjunto de la Familia Dragón. Su líder les dijo que se retiraran. Siguieron las órdenes como profesionales y tres Hondas modificados se alejaron segundos después. Nos metimos en el Prelude color lima.

Big Guns se tomó su tiempo para llevarnos a D'Iberville. El sol seguía ardiendo, la brisa que entraba por las ventanas abiertas apenas era suficiente para evitar que sudáramos. Los tejados de los edificios de una y dos plantas que pasamos estaban distorsionados por el aire hirviendo. El centro de D'Iberville estaba en plena ebullición, con los coches revoloteando por los aparcamientos como si fueran bacterias en una placa de Petri, agolpándose en el tráfico de la hora punta, con la gente saliendo del trabajo y dirigiéndose a toda prisa a su establecimiento de preferencia.

Big Guns señaló una hilera de negocios a nuestra izquierda, una larga plaza con cafeterías e imprentas, varios restaurantes orientales y tiendas de ropa.

—Los vietnamitas son los dueños de la mayoría de ellos. Antes recogíamos donaciones de ellos. Pero eso cambió. Ahora dicen que no pueden pagar las donaciones, y se avergüenzan de la mentira. Ahora se lo dan a la Sociedad del Tigre. —dijo y agarró el volante de forma audible, con las manos de color marrón dorado palideciendo.

Observé los edificios desde el asiento del copiloto, maquinando. Shocker se acercó al asiento del conductor y apretó con fuerza el brazo de Big Guns. Con una voz cargada de «vamos a patear culos».

—Tendremos que volver a cambiar eso —dijo.

La miró por el espejo retrovisor, mostrando determinación. "Maldita sea," gruñó, sintiendo su energía. La chica-bestia también tenía ese efecto en mí. Ella vibraba con una energía cruda, monstruosa y rápida. Por alguna razón, ella me hizo querer hacerlo mejor. En todo. Una vez más, sentí un manto de euforia por trabajar con ella.

—Aparquemos allí —dije señalando una pequeña zona de hierba detrás de una gasolinera. Podemos salir y soltarnos.

Big Guns gruñó de reconocimiento, giró a la izquierda sin intermitente, y nos lanzamos a través de una intersección, con el auto modificado zumbando con un motor turbo de 400 CV que hacía vibrar nuestros cuerpos de forma muy gratificante.

Pasamos por delante de los surtidores de BP, la fachada con ventanas de la gasolinera, y giramos hacia la plaza de aparcamiento más cercana a la parte trasera del edificio de ladrillo blanco. Abrimos las puertas de ala de gaviota y salimos, ignorando a los adolescentes que nos miraban a nosotros y al coche.

Inspeccioné la zona para asegurarme de que podíamos observar sin ser observados. La gasolinera estaba al final de la plaza, justo en la esquina de un cruce. El césped detrás de ella estaba ajardinado por bordillos de hormigón, un triángulo de césped con un tanque de propano y un compresor de aire en una jaula para uso de los clientes. El Prelude no estaba a la vista. Dimos la vuelta a la esquina, nos pusimos sobre la hierba y estudiamos la cafetería situada en el extremo de la plaza.

—Los traficantes de cafeína son los primeros en ser atacados. Esperaremos a que cobren de todos y luego los asaltamos. ¿De acuerdo? —Miré a Shocker—. Van por los propietarios por principio general. Hay que dejar que ocurra.

—Lo intentaré —dijo, y luego suspiró con escepticismo. Tenía la sensación de que alguien iba a tener que agarrarla para que no interfiriera.

"No voy a ser yo..."

Bobby apretó uno de sus puños.

—¿Así que los golpean? ¿Por qué no los atacamos antes de que empiecen a cobrar?

—Tenemos que ganarnos a la gente —dije. Con el contraste. La alegría se siente mejor después de la lucha. —Miré a mi amigo Vietnamita.

Gruñó con aprobación.

—Será una lección para todos. Seremos más fuertes después. Es la mejor manera.

La espera era un asco. Finalmente, un Acura dorado entró en la plaza y se detuvo frente a la cafetería, impidiendo la salida de varios coches. Se bajaron tres tipos, gánsteres vietnamitas con ropa y joyas bonitas, pelo arreglado, uno de ellos con gorra de béisbol. El ceño fruncido estrechaba sus ojos criminales. Hicieron gestos y se burlaron de los clientes que intentaban salir.

—El conductor se quedó en el coche. Parece que van a robar —dijo Shocker con los dientes al aire. Podía percibir que un cambio comenzaba a sobrepasarla.

—Lo harán —dije— y vamos a robar a los ladrones.

—No me gusta esto. —Me echó una mirada impaciente.

—Esperamos.

Mi tono imperativo hizo que sus ojos se estrecharan hacia mí, «eso tampoco me gusta».

El trío de matones salió de la tienda unos minutos después, uno de ellos mirando a su alrededor, los otros dos sosteniendo grandes tazas y cajas de pasteles que se habían servido, riendo, gritando a través de la puerta abierta en vietnamita. Subieron al coche. Los neumáticos traseros del Acura chillaron, condujeron una corta distancia hasta un pequeño restaurante especializado en comida oriental.

—Deberíamos parar esto —retumbó Bobby. Shocker levantó las cejas hacia mí. Cuando Big Guns gruñó de exasperación.

—¿Qué? Me gusta comer allí —dijo Fortachón. Sacudió su enorme cabeza—. Esto no está bien. —Se volvió para observar a nuestros objetivos.

Los gánsteres volvieron a salir del Acura y entraron en el restaurante pavoneándose. Uno de ellos derribó lo que parecía un pato asado colgado en el escaparate. Se pudo ver a varios clientes levantarse apresuradamente de sus mesas, pagar y marcharse. La sonora carcajada de los extorsionistas se cortó al cerrarse la puerta. El conductor movió la cabeza, golpeando con los dedos el volante, con la parte delantera del coche mirando hacia nosotros, a sesenta metros de distancia.

Pasó mucho tiempo. No podía verlos pero sabía que algo malo estaba ocurriendo dentro del restaurante. El conductor también lo percibía, su entusiasmo se atascaba en pausa mientras miraba ansiosamente a través de la ventanilla sin pato. A veces los dueños se resistían, o los matones se pasaban de frenada intimidándolos. En cualquier caso, era un problema no deseado para todos los implicados.

"Sólo espera," me recordé a mí mismo.

La puerta se abrió de golpe, y una especie de decoración de cuentas se desparramó por la acera, rota. Un pequeño hombre asiático con un delantal blanco fue empujado fuera con violencia. Los tres matones se abalanzaron sobre él, saliendo, uno con bolsas de papel marrón en cada brazo. El dueño del restaurante les suplicaba, con voz alta y rápida. El mayor de los matones le abofeteó y tuve que agarrar los brazos de Shocker para retenerla. Fue como agarrar una bolsa de pitones; se retorcía y bullía, a punto de entrar en erupción, batiéndose en duelo por el control de su adicta a la lucha interior, con los hombros palpitando bajo mi agarre.

El conductor hizo un gesto de impaciencia a sus compañeros, mirando constantemente por los retrovisores en busca de la policía de D'Iberville. Los tres idiotas se rieron del antagonista, que les rogó que no se llevaran lo que había en las bolsas. El mayor de los matones le propinó un puñetazo en el estómago al pobre tipo, haciéndole caer al cemento, con los brazos abrazados a su delantal de forma lastimosa. Una señora mayor salió trotando por la puerta chillando en vietnamita, lanzando panecillos a los matones que atormentaban a su marido. El mayor de los idiotas se giró y le dio un fuerte puñetazo en la cara. Ella gritó en silencio, cayendo fuera de la vista, en el interior.

—A la mierda —gruñó la chica-bestia a mí y a los dos. Me quitó las manos de encima y estalló, corriendo en su dirección, con las manoplas en sus puños.

— ¡A por ellos! Bobby tronó emocionado.

Big Guns gruñó y se volvió para preparar el coche para una salida rápida.

Señalé a Fortachón.

—Démonos prisa —dije, echando a correr.

No tenía idea de que Shocker pudiera correr tan rápido. Aunque no debería haberme sorprendido. Cruzó la intersección como el videojuego Super Frogger, y corrió por la acera frente a los negocios más rápido de lo que pensé, con las piernas borrosas.

El conductor la vio primero. No tuvo tiempo de gritar una advertencia antes de que ella estuviera sobre ellos. El idiota mayor se llevó la peor parte. Le golpeó con un derechazo con todo su peso e inercia. El golpe de manopla y el gemido de dolor fueron escuchados por todos en la plaza. Los compradores se quedaron boquiabiertos mientras sus brazos salían disparados, con la cara distorsionada por el dolor, y su trasero golpeó una tapa de desagüe de hierro con la suficiente fuerza como para retumbar como un enorme tambor de latón. Eso fue todo para él; estaba fuera del juego, destinado a la sala de emergencias. Se tumbó de espaldas, exhalando mientras se desmayaba.

Shocker pivotó dirigiéndose a sus próximos objetivos. No sé qué los asustó más: que los estuvieran atacando o que fuera una chica la que lo hiciera. Estaban perdidos en el espacio. Shocker se acercó a ellos con silbantes uppercuts y ganchos, con los pies y los puños acompasados, los hombros y las caderas rodando como mecanismos hidráulicos. Sus brazos se levantaron para intentar bloquear su ataque, pero eran demasiado lentos y no estaban entrenados. Sus puños metálicos encontraron los ojos de los toros bien abiertos. Se fueron hacia atrás y luego hacia abajo, con las caras abiertas y goteando. Uno de ellos quedó semiinconsciente por un gancho en la barbilla, con el cuello retorciéndose repentinamente, de forma brusca.

Nuestras botas se detuvieron frente al Acura. Me puse las manos en la cintura y me quejé:

—Maldita sea. No has dejado nada para nosotros. El conductor me miró fijamente, al enorme negro que se alzaba delante de su coche. A sus amigos tirados en la acera. Volvió a mirar a la chica-bestia, demasiado aterrado para tomar una decisión.

La legendaria luchadora dirigió unos ojos inhumanos hacia mí.

—A la mierda, ella gruñó. Volvió a centrar su atención en sus objetivos, con los puños cerrados. ¿Es eso espuma en la comisura de los labios? Sus respiraciones eran lentas y mesuradas, y su concentración, aterradora. El objetivo empezó a retroceder, trepando por encima del hombre del delantal, intentando desesperadamente poner distancia entre él y la depredadora.

—Oh, no, no lo harás —le dijo Bobby al conductor. Agarró al asustado gánster por la ventanilla abierta del conductor y lo sacó del coche, golpeando con fuerza la frente contra el pilar de la puerta. Las preguntas balbuceantes del tipo se convirtieron en un grito atronador cuando Fortachón giró y lanzó su captura contra el ventanal del restaurante. Fue increíblemente divertido porque Bobby pesaba 70 kilogramos más que el tipo, y su enorme torso lanzó al matón sin esfuerzo como un saco de comida para perros caducada. Los gritos continuaron a través de los cristales que se rompían, silenciándose al estrellarse contra lo que fuera que se rompiera dentro del restaurante. La mujer se reanimó ante este caos adicional, poniéndose en pie temblorosamente, y sus gritos volvieron a resonar en la plaza.

—Oops —dijo Bobby, haciendo una mueca de dolor. Culpa mía. —Me reí con placer cuando su gran trasero se acercó a la acera, ayudó al hombre delantal a ponerse de pie. Le quitó el polvo de la espalda—. Siento lo de tu ventana.

El hombre miró a su alrededor, asintiendo, muy agitado. Sin dejar de agarrarse el estómago, entró arrastrando los pies y rodeó con un brazo a su mujer, que seguía emitiendo molestos sonidos de terror. Nos miraban como si no fuéramos reales. "¿De qué planeta vienen?" emitían sus ojos redondos y sus labios temblorosos.

—Es demasiado tarde para eso —le dijo Bobby al tipo que se alejaba de Shocker. El matón se agarró débilmente a la parte delantera de su cintura y se subió la camisa. La chica-bestia lo acechó con calma, permitiéndole pensar en lo que se avecinaba. Sus puños se cerraron con gloria venosa. Ojos locamente encendidos. Le puso unas Nike Shox rosas en la mano buscando a tientas la pistola. Empujó hacia abajo con dureza. Murmuró algo que significaba dolor.

Viendo que Shocker no estaba en condiciones de dar un discurso, me puse a su lado. Señalé y me reí de su víctima.

—Estás jodido —observé. Hizo gárgaras, con los ojos agonizantes. Ella empujó más fuerte, aplastando más que su mano.

Mi amigo se estremeció.

Sus dedos se ensancharon. Ella los soltó y sus manos salieron disparadas hacia los lados de su cabeza en señal de rendición. Le di un toque con el dedo.

—No es tu día, amigo. Tu jefe te puso en un puesto de trabajo de alto riesgo. Deberías quejarte.

—Espero que tengas seguro médico —dijo Bobby, arrastrando a la acera al tipo que había arrojado por la ventana.

— ¿Quién? ¿Por qué...? Gárgaras, tos. Se frotó la garganta, y me di cuenta de que debía haber recibido un golpe allí.

Levanté un dedo.

—Cállate. Yo hablaré. Escucharás, o la chica-bestia te

abrirá los oídos. ¿Entendido? —Los ojos y las fosas nasales del Shocker se encendieron ante mí. A la mierda. La ignoré.

El otro gánster renunció a arrastrarse y se desplomó frente a una tienda de ropa, respirando entrecortadamente. Sonreí en su dirección, muy satisfecho. Volvió a mirar al idiota que teníamos delante.

—Quiero que transmitas un mensaje...

7

UN POCO TARDE

—Así que le pregunté a cuántas chicas se estaba tirando. Le dije, ¿quieres estar conmigo? Las otras chicas se tienen que ir —dijo Blondie a Shocker.

—Podrías haber dicho todo esto sin que yo estuviera aquí, sabes —señalé. Y fui ignorado.

Shocker la interrogó por más chismes.

—¿Qué dijo? ¿Cuántas? Me miró, con una pizca de desaprobación arrugando la nariz.

Blondie sonrió socarronamente y me miró.

—Bajó la cabeza como un bobo y murmuró —profundizó su voz para imitarme—, "Dos".

—Oye, yo no murmuro así. De nuevo, me ignoraron. Bobby y Ace, que me flanqueaban en el pequeño sofá, estaban casi sin aliento de tanto reír. ¿Por qué es tan gracioso? La invité a salir y ella puso las reglas—. ¡Ja! ¡Ja! Jódanse los dos.

Los bastardos se rieron aún más.

Shocker dio un "¡Ja!" que decía que ella sabía que yo estaba mintiendo.

—No le creíste, por supuesto.

—Claro que no —dijo mi chica, con una mueca de astucia aún en sus labios—. Había cuatro o cinco chicas en el gimnasio fingiendo que hacían ejercicio mientras competían por su atención. Supe que se las estaba follando en cuanto entré por la puerta. Dos... Sí. Me quedé mirándolo y finalmente dijo: "Tres". Me quedé mirando, le di la mirada de "Sí, claro". —Lo demostró, con la mano doblada en la cintura, las cejas curvadas en señal de escepticismo—. Tenía que ser sincero si me quería y lo sabía. Se puso nervioso. Entonces me gruñó: "¡Muy bien! Seis, ¿vale?"

Se rió y se quitó el pelo de los hombros.

— ¿Seis? —Shocker me miró con asco—. Cerdo.

—Ese es el Señor Presidente Cerdo para ti, chica-bestia nerd.

Sacudió la cabeza y miró a Blondie.

—¿Se conocieron en un gimnasio? Se recostó en la silla detrás del escritorio. Una brisa entró por la puerta del cobertizo, ondeando mechones de pelo oscuro sobre sus ojos color avellana.

—Sí. Acababa de salir de la cárcel. Blondie se paseó por el zumbido, con los tacones haciendo clic, componiendo la historia de cómo nos conocimos. Intenté sufrir en silencio—. Fui a un gimnasio para liberar algo de estrés y vi a un tipo musculoso bailando con el puño sobre un saco pesado. Parecía un chico malo, pero pensé que podría imponer mi voluntad y tal vez mejorarlo. —Levantó un hombro, sonriendo detrás de él, y soltó un agudo sonido femenino que hizo que se me calentara la piel—. Además, quería que me enseñara a boxear.

—Otra vez. Estoy aquí. Pensé que las chicas debían cotillear sobre sus hombres cuando no estaban presentes. —Les señalé—. Hay reglas de etiqueta.

Recibí un "Pfff" de la chica-bestia.

Shocker observó a Blondie en suspenso. Bobby y Ace inten-

taron fingir que no estaban ahí, aunque sus risitas mal conte-
nidas lo estropearon. Sentía que todo el mundo se me echaba
encima y deseaba con todas sus fuerzas estar en otro lugar.

—¿Así que dejó de ser una puta para estar contigo? —preguntó Shocker. Blondie asintió satisfecha. Shocker me miró,
todavía recelosa, protectora de su nueva amiga.

Oh, eso es maravilloso, suspiró mi subconsciente.

—¿Por qué estabas en la cárcel? —le preguntó a Blondie.

Mi chica dio un brillante destello de dientes que no pude
evitar devolver, con un cosquilleo en la piel por el calor. Por fin
habíamos terminado de hablar de mí. Eso esperaba.

—Tenía que promocionar un libro —dijo ella.

—Un libro —dijo Shocker lentamente. Me miró—. ¿Libro
de sexo?

Sacudí la cabeza.

—No. Una novela sobre una niña que es asesinada por
alguien de su familia. Es buena. La leí dos veces.

—Un asesinato misterioso —confirmó Blondie.

— ¿Eres escritora? El escepticismo de Shocker era
palpable.

Se encogió de hombros.

—Quería estudiar para eso, pero mis padres no me apoya-
ron. Escribí "El Diario de Leslie" durante mi último año de
instituto. No conseguí ayuda para publicarlo, así que lo autopu-
bliqué en Internet. No sabía una mierda de marketing de
novelas y no pude vender muchas. Pero sabía cómo comerciali-
zarme a mí mismo. —Inconscientemente, adoptó una pose
sexy. Mi lengua decidió mojar mis labios por alguna razón. Ella
continuó—. Necesitaba llamar la atención de los medios de
comunicación, como fuera. Así que me acusaron de agresión y
fui a la cárcel.

—¿Asalto? —preguntó Ace—. ¿Qué hiciste?

Sonrió ante el grato recuerdo.

—Le di una patada en la cara a un policía y luego le rocié con su propio spray de pimienta.

—Mi heroína —retumbó Bobby. Shocker y Ace sonrieron emocionados. Me sorprendió su entusiasmo por el asalto a un oficial.

Blondie les contaba la historia, sexy y malvada, casi acicalándose.

—Los periódicos publicaron todo tipo de tonterías, como "Hija de prominente abogado en la cárcel por agredir a un policía". Dio un chillido exultante.

—¿Tienes padres? —dije. ¿Tienes padres que son abogados? —No me extraña que comparta mi aversión por los abogados...

Hizo como si yo no hubiera dicho eso. Todos los demás me miraron como si fuera un completo imbécil.

—Sabía que mis padres no me iban a ayudar después de la pelea que tuvimos. ¿Solo por no ir a la maldita escuela de derecho? Sí. Así que cumplí tres meses en el condado, nada del otro mundo, primer delito. —Blondie frunció los labios—. Tenía un plan. Hice que mi chica abriera una docena de cuentas de correos electrónicos y contactara con periodistas. Se hizo pasar por todo tipo de personas: fanáticos de la Biblia, personas ocupadas, amas de casa, etc. Estos "ciudadanos preocupados" querían saber cómo los violentos y potenciales asesinos de policías vendían libros mientras estaban en la cárcel. Estaban indignados por la idea de que los presos ganaran dinero mientras la gente libre y temerosa de Dios tenía problemas para encontrar trabajo. Acababa de salir una noticia sobre presos con teléfonos móviles en MySpace, así que los presos eran un tema de actualidad.

—Los guardias de la cárcel me registraban casi todos los días después de eso. Se cabreaban porque los periodistas se presentaban exigiendo saber cómo había conseguido un teléfono, y cómo llevaba un negocio mientras debía ser castigado por agredir a un agente de la ley. —Se rio, con la mano apretada entre las tetas—. Descubrí que una docena de ciudadanos temerosos de Dios, incluso ficticios, pueden provocar una respuesta infernal de las fuerzas del orden, y de los medios de comunicación.

—¿Pensé que no vendiste ningún libro? —preguntó Shocker.

Blondie esbozó una sonrisa tortuosa.

—No lo hice. Según ellos. Todas esas miles de personas que vieron la historia en la televisión o en los periódicos no lo sabían. De repente, se empezaron a vender cientos de ejemplares del Diario de Leslie. El nombre de mis padres llamó mucho la atención, y la gente en general quería ver por qué tanto alboroto. Cuando me dejaron salir, había ganado más de sesenta mil dólares.

—Vaya —dijo Ace.

—Genial —afirmó Bobby.

—Mmm. —Las cejas de Shocker se fruncieron. Le costaba aceptar el acto de Blondie como algo genial. Mantuvo una expresión de alerta—. Una forma relativamente barata de comercializar un libro. ¿Qué dijeron tus padres?

—No lo sé. No hemos hablado en once años.

—Oye —quise saber—. ¿Y tú padres?

Puso los ojos en blanco. Miró a Shocker.

—En fin. Así es como conocí a este cabeza hueca y me metí en el crimen.

Los rasgos de Shocker se suavizaron, murmuró voz baja, recordaba algo.

—Me has recordado algo que el entrenador solía decirme, una lección que daba a todos los profesionales con los que trabajaba. —Se aclaró la garganta y fortaleció su voz—. No importa si compran una entrada para verte ganar, o compran una entrada para verte perder. Siempre que compren una entrada. Dejó escapar un fuerte suspiro.

Blondie intentó sonreír, pero vaciló, recordando que también era su entrenador y que ya no estaba para impartir esa sabiduría.

—Sí. Eso suena a Eddy. Eso es básicamente lo que hice para promocionar el libro. La mala publicidad sigue siendo publicidad.

—¿Cómo te metiste en el crimen, Razor? Me preguntó Bobby, alejando la conversación de las lágrimas.

—Aprendí a trabajar en los coches de los moteros que me criaron. Los robaba. Los vendía.

—¿Los vendías? —Preguntó Ace.

—A veces cambiaba las matrículas y simplemente vendía los vehículos robados. Luego se me ocurrió una estafa mejor. Ponía anuncios en Internet diciendo que tenía coches de gama alta: BMW, Mercedes, coches de esa clase. Ponía fotos al azar que encontraba en Motor Trend para que los anuncios parecieran legítimos. La gente me llamaba y negociaba. A veces tardaba una o dos semanas, pero al final alguien ofrecía dinero en efectivo para conseguir un mejor trato. Quedaba con ellos en algún sitio y los robaba.

—¿Así que nunca tuviste los coches? —preguntó Ace.

—No los necesitaba.

—Guau —respiró.

La cabeza de Shocker se movió en señal de desaprobación durante todo mi relato.

—Qué vergüenza. Todo ese talento, y desperdiciado en estafas —me dijo.

—De acuerdo, Madre Teresa. No te voy a regañar por haberte escapado de la cárcel y ser una habitual de "Los más buscados de América". No escupas al aire porque se te devuelve.

Todavía negaba con la cabeza, pero sonrió. Se rio.

—Excusez-moi, Señor Presidente.

—Querida —dijo Ace a su chica—. ¿El gran tanque de ébano realmente lanzó a alguien a través de una ventana?

Ella lo miró y asintió, aguantando la carcajada.

—Y yo que pensaba que estaba enfadada con esos tipos. Bobby sacó a ese idiota del coche y lo tiró como un pañal sucio.

—Fue un accidente —dijo Bobby a la defensiva—. Le dije al hombre que pagaría por su ventana.

—Realmente lo pagará, ¿ah? —le dije a Shocker. Ella asintió con un giro orgulloso de sus labios.

Me volví hacia Bobby.

—Yo no me preocuparía, grandulón. Ese tipo estaba feliz de recuperar el regalo de cumpleaños de su hija. Es bueno.

Shocker frunció el ceño.

—No puedo creer que esos imbéciles se hayan llevado un montón de bisutería.

—¿Era valioso? —preguntó Ace.

—Para ellos lo era —dije—. Para su hija de ocho años no tenía precio. Esos gánsteres probablemente lo tomaron por crueldad. Lo habrían tirado.

—Malditos —dijo Blondie con sentimiento—. Tienen lo que se merecen. —Se quedó en silencio, pareciendo un poco dolida por haberse perdido toda la diversión. Me señaló con su delicada barbilla—. ¿Dónde está el vídeo, Raz? Quiero verlo.

—Big Guns grabó algo de eso desde el coche. Está en su teléfono.

Asintió con la cabeza, "gracias", y cogió su teléfono del escritorio para enviar un mensaje a su amigo Viet.

Miré por la puerta. Las luces de la calle, muy por debajo de nosotros, llevaban más de una hora inundando el suelo con inquietantes tonos anaranjados. El estruendo del intenso tráfico del viernes por la noche resonaba alrededor del garaje, los condominios detrás de nosotros, hacia el cielo abierto, azul oscuro y púrpura, nublado y sin luna sobre el Golfo. Una premonición absorbió mis pensamientos mientras inhalaba el aire fresco, precaución. Me puse de pie y salí al exterior. Miré a mi alrededor, sabiendo que no vería nada más que el techo del garaje, nuestros vehículos, el aire libre más allá de sus bordes. ¿Me estoy olvidando de algo?

Decidí echar un vistazo rápido a los monitores de vigilancia y me dirigí al otro cobertizo, el laboratorio. Alcancé el pomo de la puerta y se cortó la maldita energía. La súbita negrura en el interior del cobertizo de los drones silenció a mi equipo.

—¿Olvidó pagar su cuenta, Señor Presidente? —dijo Shocker, acercándose a mí. Todos la siguieron, Blondie con cara de asombro, ellos sonriendo.

Su humor se desvaneció cuando vieron mi cara.

—Están aquí —les dije, tenso, con los músculos preparándose para la acción.

— ¿Cómo lo sabes? —dijo Shocker, también totalmente alerta.

—Porque han desactivado el generador. Me di la vuelta y troté los seis metros hasta la entrada del tejado. Sabes que deberías haber instalado un generador aquí arriba, estúpido HP —me burlé—. Y también deberías haber vigilado las cámaras...

Me detuve frente a la entrada justo cuando la gruesa puerta de acero se abrió y comenzó a deslizarse. Mi mente se aceleró. "¿Cómo la desbloquearon?" Una fuente de energía remota conectada al circuito del teclado. Tienen un profesional que ha pirateado el código... ¿Tienen armas? "¡Claro que sí, idiota! ¡Saben muy bien que no pueden vencerte con las manos!"

No tuve tiempo de pensar en una defensa, ni siquiera de correr hacia la cuerda de repulsión que manteníamos atada cerca del borde del techo (lo cual era un movimiento del Capitán Jack Sparrow que yo nunca haría). Mi única oportunidad era tratar de evitar la muerte inmediata mediante el uso de la técnica de la mentira. "¿Cómo nos encontraron?" No podía culpar a nadie más que a mí mismo. Conocía las consecuencias de trabajar en equipo. Por eso nunca lo había hecho.

La puerta se detuvo con un golpe seco, completamente abierta.

—Hola, amigo, —le dije al rostro fruncido de Diep y a la media docena de pistoleros que tenía delante, con pistolas semiautomáticas que destellaban muerte en sus tensas manos.

Diep no respondió a mi saludo. Empujaron la entrada. Di un paso atrás, con las palmas de las manos hacia ellos. Los gánsteres se extendieron a mi alrededor, tres de ellos se abalanzaron sobre mi equipo. Los otros tres respaldaron a Diep, su indignado líder que me miraba con hambre asesina. Miré con recelo los cañones de las armas. Miré al Tigre Mayor. Tenía el brazo derecho escayolado hasta el codo, de fibra de vidrio azul oscuro. Los moretones destacaban alrededor de sus gafas de sol, la barba de la barbilla hacía que su boca fuera notablemente despiadada. Sus gafas brillaron ante las miradas furibundas de mi equipo.

—Razor. El notorio estafador y campeón de boxeo —me dijo.

—Jubilado y retirado —dije amablemente.

—¿Así que dejaste el juego para meterte en los chanchullos de la extorsión? Parece extraño. Recibí tu mensaje. Me convenciste de que eras una nueva banda rival. Hasta que mi investigación descubrió la verdad. Señaló a uno de sus subordinados, un gánster musculoso con un mono azul. Miró a su jefe con ojos redondos en un rostro mixto y pecoso. Phong. Anh em cua may bi mat mac. May phai lay mac cha lai —le dijo Diep en tono decepcionado.

Mi cerebro escuchó: "Phong. Tus hermanos han perdido la cara. Tienes que enfrentar la nariz y la cara".

Phong, el líder del 211, se adelantó y me apuntó con su arma a la cabeza. Fue rápido, pero lo vi venir a través de los ojos del modo Lucha y retrocedí, su brazo rozó el mío. Me contuve de contragolpear y me limité a empujarle. Phong volvió a golpear, más rápido, fallando sin que yo me moviera, con la ira enrojeciendo su cara, su cuello y sus brazos.

Le dirigí a Diep una mirada de reproche.

—¿Qué? ¿Crees que voy a quedarme aquí y dejar que me pegue?

—Tienes razón, por supuesto. ¿En qué estaba pensando? Diep miró a Phong. Dispararle en la pierna.

—¡No, no lo harás! —gritó Blondie, pasando furiosamente por delante de los pandilleros que la apuntaban con sus armas. Gritaron en su lengua extranjera, la agarraron y le hice señas de que estaba bien antes de que los atacara o le dispararan.

Miré a Phong, que se parecía increíblemente a Bolo Yeung de mis películas de artes marciales favoritas. Mis piernas se revolvieron incómodas. Me sonrió y levantó la pistola. Apuntó con cuidado y debió de pensar que me quedaría allí de pie y dejaría que me disparara. ¿Qué pasa con eso?

Apretó el gatillo mientras yo me echaba a un lado. El estampido sónico de la bala fue absorbido por el aire libre, y la bala se llevó un trozo de hormigón justo detrás de mí. Phong miró a Diep, intensificó su gruñido y disparó dos veces más a mis piernas. Los años de ejercicios de boxeo permitieron que mis piernas se movieran y cambiaran de dirección de forma muy explosiva. Pero no tan rápido como para evitar una bala de 9 mm que se mueve a 365 metros por segundo.

El primero falló, rebotando en el hormigón, haciendo que los pandilleros que rodeaban a Blondie se estremecieran mientras ella chillaba por encima del silbido de la bala en el aire. El segundo disparo me dio en la espinilla izquierda, sin llegar apenas al hueso. Me hizo un agujero en la pierna y salió por el lado de la pantorrilla, enviando un mensaje a mi cerebro para exigirme que saltara y gritara de dolor. Obedecí, saltando sobre un pie, jadeando fuertes maldiciones, y Phong se adelantó con un inspirado golpe de su arma, el cañón caliente golpeando mi pómulo, chisporroteando mi labio. Caí al suelo.

—Rarrr —aspiré entre dientes apretados. Intenté controlar mi respiración, agarrando la pierna por encima de la herida, como si eso hiciera que dejara de doler. Lo bueno es que me dolía tanto que ni siquiera sentía mi cara hinchada.

—Ahora. Así está mejor —dijo Diep, como si estuviera entrenando a un perro para que se sentara a la orden.

—Pedazo de mierda —le dijo Shocker al señor de Vietnam. A través de mi temblorosa visión me di cuenta de que la chica-bestia estaba tan excitada que brillaba como una especie de ángel con esteroides. Esperaba ver cómo brotaban alas de su musculosa espalda y se plegaban en señal de ira. Ace la observaba y las armas le apuntaban, aterrorizado, con la mano agarrando su muñeca con fuerza.

"Concéntrate en el problema que tiene entre manos," mi pierna palpitaba. Miré a mi chica para asegurarme de que estaba bien. Ella me observaba con mucha atención, dispuesta a ponerse en plan lunático a cualquier indicación mía. Bobby estaba de pie detrás de ella, más alto de hombros y cabeza, con sus enormes manos agarrando sus brazos, más para consolarla que para contenerla.

—Mantén un ojo en su amigo el francotirador —dijo Diep a sus hombres. Miró de cerca a Bobby, Ace—. ¿Fue uno de ustedes? —Levantó su escayola, la frotó con su mano buena, las uñas perfectamente cuidadas, el reloj de oro brillando. Por alguna razón lo dudo.

Miró alrededor del tejado lentamente, cambió su atención a un barrido metódico del edificio de apartamentos detrás del garaje. Sacó su teléfono. Marcó y habló con alguien en vietnamita. Fue demasiado rápido para captarlo, pero entendí lo esencial. Ordenó que más hombres revisaran el edificio de apartamentos. ¿Cuántos hay ahí abajo?

Volví a maldecir mi suerte. Me pregunto qué, exactamente, les había llevado hasta nosotros. Cuando sólo éramos yo y Blondie en un trabajo, podía ver todas las posibilidades casi inmediatamente. Con más gente vienen más variables desconocidas.

"Problemas. Sólo doy problemas," el pinchazo entre mis orejas despreciado.

La sangre había llenado mi bota, perturbadoramente caliente y almibarada. La herida estaba húmeda y extrañamente entumecida, pero sonaba con fuego como si una gran campana hiciera sonar las reverberaciones del dolor por mi pierna y mi columna vertebral, hasta mi adolorido cuello y mi cabeza ladeada. Podía sentir el túnel que me habían perforado en la pantorrilla. Me decía que si intentaba ponerme de pie o flexionar el pie de alguna manera lo lamentaría seriamente. Mi cuello se esforzaba tanto que el habla parecía imposible. En otras palabras, es poco probable que pueda luchar o hablar para salir de esto ahora.

—Maravilloso —jadeé.

—¿No es así? —Diep se giró para sonreírme—. La venganza se sirve mejor fría, y así sucesivamente.

—¿Cómo nos has encontrado? —Intenté gruñir. Salió un resoplido bajo.

Sus ojos casi se cerraron de placer, y reconocí los signos reveladores de un zumbido de analgésicos. Probablemente el hospital le dio Demerol, el muy afortunado. Estaba muy dopado. Tal vez cometería errores... dijo con un tono condescendiente.

—Una foto de ella —señaló a Blondie— de pie a seis pisos de altura, en este tejado, con una estupenda puesta de sol sobre el agua detrás de ella. —Hizo un gran gesto en dirección al Golfo, el cielo negro y bien pasado el atardecer. Sacudió la cabeza y me habló como un profesional dirigiéndose a un aficionado—. Deberías tener más cuidado con lo que pones en Internet. Las etiquetas de ubicación geográficas pueden resultar muy problemáticas.

Gruñí con disgusto. Así que un nuevo miembro del equipo no tenía la culpa. Miré a mi chica, furioso. "¿Tenías que hacerlo, eh? Ya me encargaré de ti más tarde".

Bajó los ojos, sabiendo que había metido la pata hasta el fondo. Había roto nuestro acuerdo, una regla vital para nuestra seguridad: no tomar fotos ni vídeos en el lugar donde habitamos. La gente de Diep nos había encontrado por las coordenadas GPS registradas en los detalles de una foto. Una maldita geoetiqueta. Un error de aficionado. Debe haberla publicado en Facebook, Instagram o alguna mierda.

Diep agitó su yeso.

—Átenlos. Tomen sus teléfonos. —Pulsó un botón de marcación rápida en su teléfono, se lo llevó a la oreja y gritó en vietnamita rápido mientras los pandilleros nos aseguraban las manos por detrás con abrazaderas de plástico y nos registraban los bolsillos en busca de teléfonos.

El hijo de perra que me revisó encontró mi navaja y la desenfundó. La giró en sus manos por un momento, sonrió y se la metió en el bolsillo trasero.

—Ya vendré por ella —le dije. Frunció el ceño y me dio un puñetazo en el estómago.

—¡Ata su pierna, hijo de puta! —Le ordenó Blondie a Diep—. Se va a desangrar. —Me estudió con intensa preocupación, dejando que le ataran las manos.

Em Ho resopló, luego miró a Shocker y enseñó los dientes. La última vez que la vio llevaba un vestido ceñido y nudillos de latón. Se frotó la nuca. Asintió con la cabeza y se encogió de hombros.

—Tú me diste esa cortesía, así que yo haré lo mismo. —Chasqueó los dedos y me señaló la pierna—. Todavía no ha sufrido lo suficiente, de todos modos.

Uno de los matones que estaban detrás de Diep se metió la pistola en la cintura y sacó varias abrazaderas de un bolsillo. Conectó tres de ellas de extremo a extremo y la envolvió alrededor de mi pierna por encima de la pantorrilla. Contuve la respiración por el dolor mientras la apretaba por encima de mis pantalones empapados de sangre. Se manchó de sangre el pulgar, puso cara de asco y se limpió en la camisa. Tenía unas ganas terribles de pegarle. Se levantó y volvió a ocupar su lugar detrás de su jefe. El pulso de mi herida comenzó a latir en mis oídos, bum, bum-bum, necesitas-drogas-ahora.

Me animé momentáneamente. Todavía tenía algo de cocaína. No tengo que aguantar esta tontería del dolor. Puedo esnifarla hasta el olvido. Diablos, una herida de bala podría incluso sentirse bien después de una docena de líneas.

"Adelantándote a los acontecimientos; no puedes llegar a ella con las manos atadas y las armas apuntando», señaló mi subconsciente. «Genialidad. ¿Qué vas a hacer, pedir tiempo para un refresco?"

—Vete a la mierda —dije.

Diep esbozó una sonrisa narcótica y me dijo:

—Tenemos mucho que aprender el uno del otro, aunque no lo haremos amorosamente.

—¿Amorosamente? ¿Acabas de llamarme gay? —Resollé entre dientes apretados. Se estaba convirtiendo en una tarea para mantener la concentración en él.

—Intentaba ser inteligente, basándome en tu vulgar comentario. Pero veo que no estás de humor para ser inteligente. Así que déjame ser más directo. Si alguien está jodido, eres tú.

—¿Qué tal si compartimos primero esos "Loratab"? —replicaba yo. Sé que tienes algunos. —Frunció el ceño y miró su yeso—. Si te vas a poner amoroso, necesito estar realmente dopado. Con una sobredosis si es posible.

—Ja. Me caes bien, Razor.

—Sí, mi Gaydar ya me lo dijo. —Me dolían los músculos de la mandíbula, a punto de bloquearse. Me sentía muy deshidratado. Era increíblemente difícil mantener el diálogo, pero no podía dejarme caer sin decir una mierda antes.

Diep se quitó las gafas y se las guardó en el bolsillo, con los ojos entrecerrados hasta convertirse en grandes rendijas. Había tocado un nervio. Se acercó a mí rápidamente y plantó su pie izquierdo, lanzándose hacia delante con el derecho, pateando mi pantorrilla herida. ¡BAM! El golpe me hizo caer de lado, con las piernas moviéndose torpemente. Con los brazos sujetos detrás de mí, no pude agarrarme. Estar en una posición tan degradante delante de mi equipo me cabreó más que el hecho de que me dispararan. Contuve un monstruoso rugido de dolor y rabia, con la mandíbula ardiendo más allá de lo normal.

—¿Patearías a un hombre al que han disparado y atado? —retumbó la profunda voz de Bobby con rabia. Me incorporé con dificultad y miré a Fortachón, que parecía más grande e hinchado a través de mi vista distorsionada.

—Ten paciencia, seas quien seas, negro —le dijo Diep, con un leve desplante que entorpecía sus palabras—. Ya te llegará tu turno. —Chasqueó los dedos y señaló el cobertizo de los drones—. Pónganlos ahí. Trae a Vietech.

Phong gritó órdenes en vietnamita y sus subordinados me llevaron y metieron a mi equipo en el cobertizo mientras él gritaba más órdenes en su teléfono. Los dos pandilleros que me llevaban me dejaron en el suelo y empujaron a los demás hacia dentro. Blondie se arrodilló junto a mí y los miró fijamente. El gánster más joven, que parecía ser el más brillante, registró a fondo el escritorio, se dio la vuelta y miró los libros y manuales de las estanterías, en busca de herramientas que pudiéramos utilizar para escapar. El cobertizo estaba cerrado por fuera. Todas las herramientas estaban en el laboratorio. Estamos jodidos.

"Tal vez no..." mi MacGyver interior susurró.

Los matones salieron. La puerta del cobertizo rodó hacia abajo, los pestillos se aseguraron en la parte inferior de cada lado, clan, clan. Estaba oscuro sin electricidad, nuestros ojos se ajustaban al resplandor ambiental que entraba por debajo de la puerta. Shocker, Ace y Bobby se quedaron mirando la puerta. Shocker le dijo a Bobby:

—Suelta las manos.

—Jefe —le dijo con la cabeza. Mostró los dientes, se inclinó y se flexionó. La abrazadera de plástico era fuerte e imposible de romper para la mayoría de los humanos. Bobby debió de ejercer varios cientos de kilos de presión sobre ella, una hazaña que dos de mí no podrían hacer. Dio un fuerte gruñido de satisfacción cuando se rompió, y sus enormes brazos estallaron repentinamente a sus lados. Ace gritó cuando el puño de Bobby le golpeó en el brazo, haciéndole chocar contra la pared de acero.

Shocker le dio la espalda. Blondie y yo observamos asombrados cómo metía sus dedos superdesarrollados entre las muñecas de ella, se aferraba firmemente al plástico y ladraba una ráfaga de esfuerzo, con los brazos moviéndose rápidamente, rompiendo la atadura con un fuerte estallido.

Nota para mí mismo: nunca, NUNCA, jodas a Bobby. Me vino a la mente el recuerdo de Fortachón lanzando aquel fregado a través de la ventana del restaurante y me reí, ganándome unas cuantas miradas que sospechaban que estaba delirando.

El Fortachón fue el siguiente en romper el mío. La sacudida me hizo ver destellos de luz en la niebla negra que inundaba mis sentidos periféricos. Me apoyé en el escritorio. Cerré los ojos por un momento. Blondie, con los brazos libres, apretó las manos con una furiosa indecisión. La ayudé a salir.

—Nena, trae mi Medicina.

Tomó aire, se concentró visiblemente, se puso en cuclillas a mi lado y hundió su manita en mi bolsillo delantero. Sin dejarse intimidar por el ardiente dolor a sesenta centímetros de altura, mi Amigo pensó en retorcerse más cerca de sus dedos mientras tanteaba. Sacudí la cabeza. Hay algo inherentemente malo en mí.

Su excitante búsqueda dio como resultado un condón y una pequeña bolsa Ziploc con aproximadamente tres gramos de cocaína dentro. Una «Bola 8» para todos los antiguos o actuales entusiastas del speed que lean esto. Los dedos de mi chica temblaban al abrirla, con los ojos hinchados y la nariz rosada por la emoción. Metió una uña en la bolsita y luego puso un montón de precioso veneno blanco bajo mi nariz. Exhalé, me incliné y lo esnifé de un tirón, gimiendo y echando la cabeza hacia atrás. Shocker me hizo un "pfff" mientras el nerd y Bobby miraban esperanzados.

La droga se derritió, se licuó en mis senos paranasales, se absorbió, pasó la barrera hematoencefálica en segundos. El anestésico se hizo cargo y decidió que no necesitaba vías neuronales que informaran del dolor: Todos los nervios serán requisados bajo la Ley de Sentirse Bien. "¿Herida de bala? Pfff" dije a eso y a la chica-bestia que frunció el ceño ante mi solución de primeros auxilios. Cogí el Ziploc de Blondie y tomé varios pases más, mirando desafiantemente a Shocker. Ella bajó las alas bruscamente.

Una oleada de energía inundó mis extremidades. Tenía la suficiente experiencia como para saber que era transitoria y que tenía que apresurarme a idear una salida antes de que mi cuerpo se resistiera a la Ley del Bienestar. Mi visión se estabilizó, el cobertizo y todo lo que había en él se volvió más definido, y con ello un plan comenzó a agitarse en la parte de mi mente que se mantiene en estado de alerta independientemente de mi salud.

—Tengo una idea —dije, sintiéndome de nuevo en control.

Shocker cogió un rollo de toallas de papel y un rollo de cinta adhesiva de una estantería que tenía detrás, se los dio a Blondie, que me subió la pernera del pantalón y empezó a construir una compresa. Arrancó una tira de cinta adhesiva, la pegó sobre un fajo doblado de Brawny y dijo:

—¿Cuál es el plan, bebé? —Pegó la venda sobre mi espinilla, luego hizo otra para mi pantorrilla antes de envolver la pierna con cinta adhesiva varias veces, deteniendo finalmente la hemorragia.

Miré a mi equipo de uno en uno. Shocker tenía un amplio abanico de emociones recorriendo todo su cuerpo, como si hubiera varias personalidades discutiendo sobre quién debía tomar el timón de esta situación. Estaba muy ofendida y deseosa de hacer algo al respecto. Ace tenía una mirada similar, aunque menos agresiva, de determinación en su mandíbula triangular. Bobby parecía desconcertado, probablemente reflexionando sobre cómo había llegado hasta aquí con nosotros, los locos blancos de mierda, en este enigma. Blondie se sentó sobre sus talones, con las manos sobre mi pierna, mirándome a los ojos. Se había librado del pánico, aunque me di cuenta de que tenía una cantidad considerable de rabia reprimida entre sus tetas, energía que liberaría sobre nuestros enemigos en un momento más oportuno.

Unas sensaciones aberrantes me inundaron el pecho,

acabando con mi subidón. Quería abrazar la sensación de unión, pero no era uno de mis instintos. Estaba confundido. Sentía que estas personas eran ahora mi familia. Y eso me hacía sentir muy incómodo. Y cabreado, gruñí en mis pensamientos, recordando a los hombres de fuera. Han hecho daño a innumerables personas sin ninguna razón o beneficio real, y ahora mi escuadrón estaba en su radar. Eh. Gaydar. Llamé a Diep maricón... Sacudí la cabeza, y luego resoplé un magnífico goteo. ¡Ziiinggg! La campana tocó a placer esta vez.

Ahora a los negocios.

—Diep ordenó a Vietech que subiera aquí. ¿Qué significa eso? —Pregunté a los dos genios de la informática.

—Va a encontrar mi ordenador en su laboratorio. Lo acabamos de instalar —Ace respondió.

Blondie le miró y sonrió, con su optimismo totalmente recuperado.

—Dudo mucho que pueda entrar en el Wrecker.

Ace entornó una media sonrisa.

—De ninguna manera.

—¿Y tu equipo? —le pregunté a mi chica, aunque sabía que nunca guardaba nada vital en él. Mis ojos no pudieron evitar dirigirse a un punto entre sus piernas.

Hizo un mohín con los labios.

—Podría robar mi colección de libros electrónicos.

Ace se rio. Le dirigió a Blondie una mirada de suficiencia que decía: «Somos lo mejor, y todos los demás son una mierda».

Sonrió, Mmm-hmm.

—¡Razor!—me ladró Shocker. Mi mirada indignada sólo hizo que pusiera sus muy capaces manos en las caderas—. Deja de pensar en la panocha de Blondie y cuéntanos la idea.

—Lo siento. Me distraje. Estoy delirando por la herida de bala. —Mi tono sincero no pareció convencerla. No creyó ni una palabra de lo que dije, pero mi esfuerzo le hizo ver que todavía estoy consciente y apto para dirigir.

—El déficit de atención inducido por la Coca es así —dijo, relajando sus manos a los lados.

Blondie soltó un bonito y molesto bufido, y nos miró a mí y a Shocker como diciendo: «¿Así que consideras las heridas de bala y la cocaína distraen más que mi asunto?»

Quizás leí mal su expresión. Me agarró para ayudarme a levantarme. Contuve la respiración, ignoré el fuego frío y hormigueante que avivaba la parte inferior de mi pierna y me puse de pie. Me sujeté a ella y al escritorio para mantener el equilibrio. Me solté y esperé a que la cabeza dejara de dar vueltas antes de hablar. El repentino restablecimiento del equilibrio fue refrescante.

Suspiré. —Ahora. Vuelve a la altitud. Evaluemos nuestras posibilidades de escape. —Estiré los brazos y luego hablé sin mirar directamente a nadie, con los ojos recorriendo el cobertizo. Señalé los altavoces que había en la estantería detrás del escritorio, subwoofers de ocho pulgadas en cajas negras con medios y agudos para un sonido de rango completo. Eran caros, y me estresaba pensar en lo que teníamos que hacer con ellos. Dije en voz baja: "utilizaremos los imanes de esos Kenwood para deslizar los pestillos y abrirlos. Una distracción mantendrá su atención para que podamos salir por la puerta y desarmarlos. Necesitaremos sus armas para huir del resto".

—Um, pregunta —dijo Shocker—. Todo eso suena muy bien. Ciertamente no esperarán ningún ataque coordinado. Pero, ¿cómo vamos a distraerlos desde aquí?

—No lo haremos.

—Um...

Miré a mi chica. Ella leyó mis pensamientos y chilló, moviendo los hombros.

— ¡Cariño! He querido hacer esto desde siempre. —Se

palpó los bolsillos y miró a su alrededor en medio círculo antes de recordar que nuestros teléfonos habían sido tomados, al igual que yo.

—Mierda —dijimos al unísono.

Los ojos de Shocker se abrieron de par en par en señal de comprensión.

— ¡Puedes escaldarlos!

—Con los pequeños helicópteros de Blondie's —dijo Bobby, con los músculos del pecho saltando enérgicamente.

—¿Volarán de Biloxi a Pass Christian? —preguntó Ace a mi chica.

Hizo un gesto de delicadeza.

—No será necesario. Abrí un Blondie's aquí el verano pasado. El problema es que no tenemos teléfono.

Mi mente se precipitó con una solución.

—Tu viejo Android está en el escritorio —le dije. El gánster no lo vio en su búsqueda.

Volvió a hacer una mueca, que hizo que mi optimismo flaqueara. Miró a Shocker con desconfianza y luego me dijo:

—Lo recordé. No funciona.

—No está roto.

—Usé la batería para algo...

Me acordé.

—Seymour. Perra.

Suspiré. Seymour era su vibrador. Supongo que no debería sentirme tan molesto, teniendo en cuenta todas las veces que he sido testigo de su magistral habilidad con el juguete. Pero no pude evitarlo; usar la batería en Seymour arruinó mi plan para salir de aquí (y, si he de ser sincero, le tenía un miedo irrefrenable a la maldita cosa, desde que me amenazó con usarlo en mí. Ya no le permito atarme y amordazarme).

Shocker pareció deducir que «Seymour» más una batería de móvil más yo y Blondie equivalían a algo sexual. Hinchó los labios en señal de burla, luego movió la cola de caballo y sonrió. Ace le lanzó una mirada avergonzada. Bobby se quedó mirando la puerta.

¿Por qué parece que mi vida se ha convertido en una mezcla de Sons of Anarchy y The Bold and the Beautiful?

Me contuve para no gritar. Mi mente drogada se dio cuenta de que había hecho una seria digresión mientras me frotaba los ojos deshidratados y con picor.

—Trastorno por déficit de atención inducido por la cocaína —murmuré, mirando a mi alrededor. Shocker rodeó a Ace con sus brazos y lo abrazó brevemente. Su manga de compresión brillaba como si estuviera viva, un organismo viviente con sus propios pensamientos y dramas, escamas reflectantes en un cuerpo con un poder soberbio...

Mis ojos se abrieron de par en par. Me encanta cuando un plan está destinado a ser. Señalé el brazo mágico de Shocker y proclamé a bombo y platillo:

—PODER.

Todo el mundo miró de mí a ella. Ace sonrió como un niño que encuentra un premio de en la Cajita Feliz. Dijo:

—¡Podemos alimentar el teléfono con La Tela Eléctrica!

—Shh —le dijo Shocker, mirando a la puerta—. No tan fuerte. —Sin embargo, era toda sonrisas—. ¿Lo enciendo?

La cara de Ace se arrugó, estaba calculando.

—Uh, ella necesitará transmitir video en vivo, lo que requerirá los tres puntos siete voltios completos. Así que sí. Caliéntalo, querida.

Los hombros de la chica-bestia se relajaron, sus pies se ensancharon, las manos se alzaron en puños sueltos, y ella inició suavemente un boxeo de sombra de intensidad ligera, esquivando, haciendo combos, dando pasos alrededor del dron que lanzaba golpes.

Blondie sacó el teléfono del escritorio, con sus tacones de

aguja emitiendo vibraciones que mis nervios hipersensibles disfrutaron. Vibró a mi alrededor, volviendo a mi lado, con su seductor perfume tentador, poniendo a prueba mi concentración. Le miré las tetas. Miré el dron Razr que estaba desmontando. La parte trasera se desprendió, la caja de la batería estaba vacía, los terminales de latón brillaban en la tenue luz que proyectaba la grieta bajo la puerta. Dejé el trabajo en sus manos, observando cómo Fortachón cogía los dos altavoces de la estantería que había detrás del escritorio. Los colocó sobre el hormigón, de lado. Se puso de pie, con la cara mostrando desgana por la tarea. Levantó su bota de trabajo de la talla 45. Los dos nos estremecimos cuando pisoteó el primero, y la caja compuesta estalló como una calabaza pisada en halloween.

Hombre, a partir de ahora guardaremos un juego de herramientas aquí. Entonces, maldición, espero que no vengan a ver qué fue ese ruido...

Con las dos cajas abiertas, Bobby y Ace retiraron los subwoofers, de los que sobresalían fragmentos de fibra. Ace sacó un trozo de cable de altavoz y se lo dio a Blondie.

—Con esto bastará —dijo ella. Sus hábiles deditos procedieron a conectarlo a los terminales positivo y negativo del teléfono. Bobby dejó los altavoces junto a la puerta y se acercó a ver a mi chica hacer su magia de ingeniería.

—Vamos a probarlo —le dijo Ace a Shocker.

Se detuvo y se secó el grueso sudor de la frente. El cobertizo era sofocante con este calor sin la puerta abierta. Ace desenchufó un cable que conectaba su manga a la camiseta de tirantes de tela recargable. Blondie le entregó el cable que estaba conectado al teléfono. Lo miró entrecerrando los ojos, pellizcando las hebras de cobre individuales, separándolas de donde sobresalían del aislamiento transparente de calibre 16. Retorció unos cuantos hilos en el lado positivo y otros en el negativo, sin poder utilizar todo el cable; era demasiado grueso. Con unas manos que trabajaron los finos hilos con una facilidad ensayada, deslizó el cable reducido en el enchufe de salida la sudada camiseta de Shocker.

—Estamos conectados —dijo Blondie mientras la pantalla del android se encendía en sus manos, la pantalla LCD bañaba su cara y sus pechos de un blanco brillante. El teléfono arrancó. Esperamos impacientes.

—Quiero ver la foto —se burló Bobby de mi chica.

—¿Qué? —dijo ella—. ¿Mi cagada? —Él asintió. Ella le clavó los ojos—. Fue una puesta de sol épica, ¿vale? Había que compartirla.

—Entonces comparte —respondió, con los dientes brillantes en la penumbra.

—Olvídalo amigo —resopló y luego me miró, con los ojos buscando los míos. Se inclinó hacia mí y me besó lentamente—. Lo siento, bebé. No más Facebook. Te lo prometo.

Sólo la miré. No se iba a librar tan fácilmente. Mi falta de respuesta reiteró la promesa de «ya me desquitaré». Ella lo aceptó con un leve giro desagradable de sus deliciosos labios. Miró el teléfono y utilizó la pantalla táctil para seleccionar el teclado de marcación. Marcó un número y puso el altavoz. Sonó seis veces.

—¿Hola? —contestó una chica con voz irritada, como si la hubiera despertado.

—¡Diana! Levanta el culo. Tienes trabajo que hacer —dijo la Sra. Blondie de Negocios.

—¿Señora? —Diana perdió rápidamente la actitud. Sonreí ante eso. Me di un pase.

—Necesito que vayas a la boutique y prepares una docena de cafés para la entrega de Draganfly.

—Uh...

—Te pagarán las horas extras.

—Doble tiempo extra —añadí. Blondie asintió.

—Me ocuparé de ti. Sólo date prisa.

—Okey —dijo Diana lentamente—. ¿Tienes una fiesta o algo así?

—O algo así. ¿Qué tan rápido puedes estar allí?

—¿Tal vez veinte minutos? —Las sábanas crujieron en el fondo. No pude evitar imaginarme a Blondie de diecinueve años saliendo de la cama en camiseta y bragas. Otro pase, con los ojos desorbitados.

—Que sean diez —le ordenó Blondie a su empleada—. Sáltate la preparación. Esto es una emergencia.

—Sí, señora.

—Llámame en cuanto llegues.

—De acuerdo. Te llamaré.

Blondie terminó la llamada. Shocker la miró y comentó:

—Hice que mis empleados me llamaran Jefa o Clarice. El «señora» me hacía sentir vieja.

Blondie se encogió de hombros.

—La señora me hace sentir como una madame.

Shocker estaba emocionada. Me señaló con un gesto.

—Pensé que él era el chulo..

—Oh, lo soy —le aseguré, y luego señalé a las chicas—. Y tengo dos de las mejores prostitutas que han sacado sus tetas en estas calles.

Blondie me dio un manotazo en la cabeza. Los ojos de Shocker se entrecerraron, pero no podía dejar de sonreír. Ace y Bobby se rieron. «¿No es genial que podamos encontrar el humor en momentos como éste?»

"No hay nadie más cool que mi puta banda, banda, banda," rapeaba mi subconsciente.

Miré a Fortachón, dándome cuenta de que no sabía absolutamente nada de él. Pregunté:

— ¿Cuál es tu historia? Sé un poco sobre los fugitivos, pero nada sobre ti. —Me reí—. Bueno, excepto que puedes aplastar, como Hulk, a los gánsteres y los altavoces por igual.

Miró a Shocker. Entrelazó las manos delante de él, amplió su postura.

—No hay mucho que contar, en realidad. Estoy casado con una mujer maravillosa. Tenemos seis hijas. —Los ojos de Ace se abrieron de par en par ante la descripción «maravillosa» de la mujer de Bobby. Fortachón se encogió de hombros—. Solía trabajar para Clarice haciendo trabajos de pintura y carrocería. Ahora lo hago por mi cuenta. Y actualmente me estoy entrenando para una competición de culturismo amateur.

«Eso explica por qué la llama jefa...» Asentí pensativo. Miré sus brazos vasculares.

—Genial. Iremos a tu espectáculo. —Por alguna razón me sentí obligado a estrechar su mano. Lo hice, con Blondie frunciendo el ceño; yo nunca doy la mano—. Un placer trabajar contigo.

—Yo también. —Su sonrisa brilló en su rostro oscuro.

Estreché la mano de Ace. De Shocker. Puse una mano en el hombro de mi chica.

—Saldremos de esta —le dije a mi equipo, seriamente— y terminaremos el trabajo.

Todos me miraban. Miré a cada uno de ellos a los ojos, sabiendo que formaba parte de algo realmente especial. Estas personas estaban luchando por una buena causa, sin ningún porcentaje para ellos mismos. ¿Y lo mejor? ¡Eran delincuentes!

—Perra.

Diana llegó a la boutique en once minutos. Llamó a Blondie.

—Las máquinas están encendidas. El agua estará caliente en unos minutos —informó. La imaginé detrás de la barra de café, con grandes máquinas de acero inoxidable zumbando, calentando el agua que se convertiría en nuestra arma.

—Hiérvela. Más caliente de lo normal. Y no me importa el tipo de café que hagas. Sólo ponle mucho chocolate y crema.

—Sí. Eso se les pegará —dijo Bobby.

—¿Pegarse a ellos? —dijo Diana, confundida.

—No importa —le dijo Blondie, frunciendo el ceño hacia Bobby. Él hizo la mímica de cerrar los labios—. Prepáranos seis Draganflies para la entrega—.

—Sí, señora.

Esperamos quizás otros diez minutos. Diana se movía con rapidez, deseosa de impresionar por ese doble pago de horas extras antes de que el café estuviera listo para volar. Blondie se conectó al sitio web de su tienda, introdujo su contraseña y pudo ver selectivamente lo que veía cada helicóptero, e incluso tomar los controles de vuelo si quería. La titiritera de las marionetas voladoras.

—Oh, sí. Vamos a hacerlos volar —le dijo a sus Draganflies. Me miró.

—Haz que una averigüe qué está haciendo Diep. No va a dejarnos aquí. Esconde los otros cinco cerca hasta que los necesitemos. Primero reconoceremos y luego decidiremos cómo atacarlos.

—Entendido. —Pulsó la pantalla, seleccionando una función del sitio que le permitía hablar con sus empleados mientras pilotaba. Llamó al móvil de Diana.

—¿Señora?

—Necesito tu ayuda para entregar esto.

—Okey... —Hizo una pausa, desconcertada—. Pensé que te los enviaba a ti.

—Así es. Más o menos. Blondie tomó aire y miró a todos. Cabía la posibilidad de que la chica se asustara y llamara a la policía. Shocker y Ace, estando en la lista de los más buscados del FBI, ciertamente no podían permitirse eso. Y Blondie y yo nos dejaríamos matar antes de marcar el 911. Tuvo que solicitar la ayuda de Diana con cuidado. ¿Recuerdas cuando te dije que podíamos soltar café a la gente que nos fastidiaba?

Ella se rió.

—¿Cómo podría olvidarlo? Tengo como diez ex-novios a los que me gustaría hacerles eso.

—Bueno, ¿qué opinas de los gánsteres asiáticos?

— ¿Gánsteres? ¿Hablas en serio?

—Habla en serio, Diana —dije. Sólo finge que estás jugando a Angry Birds.

Ace se rió.

—Angry Draganflies.

Bobby y Shocker lo miraron con asombro, impresionados. Al parecer, no hacía muchos chistes.

Blondie, con la boca entreabierta, como si le estuviéramos robando su papel en el espectáculo, sacó la cadera, plantó una mano exasperada en ella y nos reprendió:

—Disculpen.

—Mea culpa, Babe. —Hice un gesto, de «por favor, continúe». Todos prestaron atención una vez más.

Le dijo a su empleada: Sí, hablo en serio. Necesito que nos ayudes a salir de una mala situación. Sabes volar mejor que nadie. Aguantaremos cualquier problema con la policía —añadió apresuradamente, cuando Diana empezó a protestar. Sé que no eres del tipo de chica mala. Esto no va en contra de la ley. Es defensa propia.

—Estamos ayudando a las fuerzas del orden —añadí, haciendo que Shocker soltara una risita, avergonzada.

—Ayudar a las fuerzas del orden —dijo Diana cínicamente. Me la imaginé con cara de desgana. Suspiró como si supiera que se iba a arrepentir. Luego cedió—. ¿Así que estos mafiosos están ahí ahora?

∾

Diana aterrizó cinco Draganflies en el lado sur del tejado del edificio de apartamentos, ocultándolos de nuestros enemigos y haciéndolos rápidamente accesibles. Blondie controló el número 6, haciéndolo flotar a quince metros por encima del garaje, mientras Shocker boxeaba con su sombra para mantener el teléfono cargado de energía.

Miré la pantalla del android. La cámara del Draganfly mostraba la parte superior del garaje: dos cobertizos, el El Camino, el Ford y mi Suzuki, todos de aspecto diminuto. El techo del condominio detrás de nosotros, una autopista de faros al frente. Luces de la calle por todas partes. Blondie se acercó a nuestro cobertizo. Dos guardias Vietnamitas estaban fuera de la puerta, a cinco metros de distancia, cerca del borde. Giró la cámara hacia el laboratorio. La puerta estaba abierta, una luz encendida dentro. Sí, trajeron una fuente de energía. Una batería y un inversor de energía. O una celda de poder. Hubiera escuchado un generador...

Blondie se acercó volando y se acercó al interior. Varias mesas de acero estaban colocadas alrededor de las paredes del laboratorio, cargadas con herramientas y diversos equipos en ordenadas filas, más en estantes sobre las mesas. En el suelo había consumibles y otros suministros. En un banco de trabajo a la izquierda había un enorme ordenador negro, el Wrecker de Ace, con un muchacho asiático sentado frente a él.

—Vietech —gruñó Blondie.

—¿Es él? —dijo Shocker desde el otro lado de Blondie. Parece que tiene doce años.

—No sé qué edad tiene. Debe tener al menos veinticinco —dijo Blondie.

Ace apartó a su chica y entornó los ojos hacia la pantalla.

—Ja. Ni siquiera puede pasar el salvapantallas.

Blondie le sonrió, pero perdió el ánimo cuando volvió a mirar el teléfono.

—Oh-oh. ¿Qué es esto?

Me fijé bien. Varios matones bien vestidos salieron al tejado y se dirigieron a nuestra prisión.

—Si entran, pongan las manos en la espalda. Sigan mi ejemplo. —Todos susurraron o asintieron.

Vimos cómo se detenían en el exterior y fijaban algo junto a la puerta, a la altura de los hombros. Blondie lo enfocó con el zoom. El aparato era del tamaño de un Big Mac, cuadrado, de color oscuro, con varios cables y dos LED rojos. Suspiré—. Diep tiene lo bueno. Esto ya no es divertido.

Ace observó el android con atención.

—Eso es un explosivo con un detonador remoto —dijo, limitándose a informar de los hechos. —Una vieja Claymore.

Shocker dejó de hacer shadowboxing y le dirigió una mirada aterrorizada. El nerd que había en él se marchitó y el marido-padre salió a la superficie. El pánico se apoderó de él cuando se acercó a su mujer y la abrazó, y el estrés contagió a Bobby y luego a nosotros. No podía imaginar lo que pasaba por sus cabezas. Tenían hijos. Familias. Blondie sólo parecía enfadada. Yo aún no tenía una opinión, probablemente debido al shock de la herida y a la fantástica droga que amortiguaba mis emociones.

"Lo que me recuerda..."

Me senté en el escritorio. Saqué mi Ziploc y esnifé una gran dosis por cada fosa nasal.

—¡Aaaahh! Mejor. —Lo guardé. Me limpié las fosas nasales, los dedos. Sonreí enormemente a mi escuadrón—. ¿Aceleramos nuestra salida?

La chica-bestia apretó los puños frente a ella, frustrada conmigo, con ellos, con el mundo.

—Maldito lunático, me dijo. Señaló la puerta. ¿Hay una bomba a punto de convertirnos en polvo y tú te das un pase?

—No me estoy drogando. —Fruncí el ceño a la defensiva—. Ya estaba drogado.

"¿Sus ojos acaban de brillar color rojo?" Miré el teléfono. Blondie hizo funcionar la cámara del helicóptero para que pudiéramos ver a los matones entrar en el laboratorio y hacer un gesto a Vietech para que se diera prisa. El hacker ni siquiera se giró para mirarlos, completamente absorto en entrar en el monstruoso ordenador de Ace, con los ojos clavados en la enorme pantalla que tenía delante. Apenas podía distinguir que estaba escribiendo furiosamente en el teclado. Hizo girar la cámara hacia nuestro cobertizo. Los matones encargados de vigilarnos miraban la bomba y murmuraban entre ellos, tocando nerviosamente las pistolas que llevaban en la cintura.

Puse una mano en el hombro de mi chica.

—Que Diana coloque a los otros Draganflies sobre el laboratorio. Dile que los escalde en cuanto salgan, y luego descargue el spray de pimienta. A mi señal escalda a los dos que están fuera de la puerta. Cuando salgamos pon la bomba en vuelo hacia el océano.

—Entendido Raz. —Sus ojos se entrecerraron. Empezó a llamar a Diana.

—Espera. Espera, espera, espera —dije, con los ojos cerrados. Sacudí la cabeza como si hubiera omitido algo vital. La miré.

—Necesitamos algo de música.

Ella sonrió de acuerdo.

Shocker resopló y luego dijo: —Eres increíble.

—Lo sé. —Disparé unas pistolas imaginarias, me alisé el pelo hacia atrás.

—¿Qué te apetece? ¿Pantera? —preguntó Blondie.

Miré a mi alrededor, llevándome un dedo a los labios. Ya lo tengo "Man in the Box" de Alice in Chains.

—¿Alice qué? —Dijo Bobby.

Blondie se rió y llamó a Diana. Shocker pareció reconsiderar su burla después de escuchar mi elección de canción. Oye, la música debe encajar con el escenario, ¿no? No vi ninguna razón para no hacerlo con estilo.

Asentí con la cabeza a la chica-bestia.

—Haz lo tuyo. Sácalos. —Ella gruñó. Y le dije a Ace: —No te metas en medio. Bobby, coge un altavoz.

Me acerqué cojeando a la puerta y cogí un subwoofer. Fortachón cogió el otro. Nos pusimos en cuclillas a los lados, él a la izquierda, yo a la derecha, y pegamos los imanes al acero, en la parte inferior donde estaban los cierres deslizantes. Miré a mi chica. Ella asintió, lista. Le sonreí y le dije:

—Vamos a bailar.

Dos segundos después, a través de la delgada puerta de acero, oímos los acordes de una guitarra de heavy metal que precedían a unas débiles salpicaduras y a dos fuertes aullidos. Arrastramos los altavoces por el metal rápidamente. Las cerraduras se liberaron y la puerta se abrió ligeramente. Quitando los altavoces, empujamos la puerta hacia arriba y salimos.

Bobby, con dos piernas buenas, llegó primero a nuestros guardias. Se abalanzó sobre ellos mientras agarraban sus armas, derribando a uno de ellos de espaldas. Salté encima del gánster caído y le presenté mi puño. Repetidamente. Luego le di la vuelta y saqué mi navaja de su bolsillo. Un alivio indescriptible me inundó mientras palmeaba el mango y la envainaba. Le dije al inconsciente:

—Gracias por guardármela.

El otro guardia estaba cerca del borde del tejado cuando Bobby le golpeó. El golpe tuvo tanta fuerza que el tipo salió volando por el lado, y habría caído seis pisos si Bobby no hubiera alargado la mano y lo hubiera recuperado. La cara del gánster mostró alivio un microsegundo antes de que Bobby la destrozara con un enorme codazo.

Salpicaduras y gritos nos alertaron de que los matones salían del laboratorio. Shocker ya estaba sobre ellos, golpeando con sus puños de furia sus cuerpos escaldados y rociados con pimienta. Cuatro Draganflies zumbaban sobre la pelea.

"¡I'm the man in the box!" gritaron sus pequeños altavoces, sorprendentemente fuertes, estimulando la actuación de Shocker.

Blondie dejó caer el teléfono y cogió el explosivo. Un Draganfly descendió, pilotado con pericia por Diana, y Blondie dejó caer la bomba en su caja de carga. Se alejó zumbando rápidamente, desapareciendo en dirección al Golfo. Blondie no perdió el tiempo observándola, confiando en que Diana se encargaría de ello. Corrió a ayudar a Shocker, arrancando una pistola de la mano de un enemigo justo cuando éste apuntaba a la feroz leyenda. La pistola lanzó una lengua de fuego hacia el cielo nocturno, y segundos después una Draganfly se estrelló contra el coche de Blondie. Ésta vio su pintura arruinada, chilló de rabia y golpeó a su objetivo en la cabeza con su propia arma. Se giró y apuntó al matón que seguía en pie. Éste levantó las manos. Shocker se apartó de los dos que había eliminado, se acercó a él casi con indiferencia y le asestó un derechazo. Su intento de bloquear el golpe fue cómico. Se unió a sus compañeros en el cemento.

—¡Claro que sí! Resistí el impulso de sacar mi guitarra de aire, cojeando hacia el laboratorio. Ignoré al asustado Viet que balbuceaba súplicas incoherentes mientras yo buscaba su fuente de energía. ¿Dónde está? Le grité a Vietech.

—¿Q-qué? —Sus gafas parecían tan frágiles como su diminuta montura, sus pómulos afilados y su patética barbilla suplicaban mi puño.

—La celda. —Rastreé con los ojos el cable de alimentación del ordenador.

—Yo...

¡Crack! Le di una bofetada.

—No importa. Lo encontré.

Blondie entró detrás de mí y azotó con una pistola a su chillón rival para que se durmiera mientras yo desenchufaba la lámpara y el ordenador de la célula eléctrica. Bobby vio que me costaba llevarlo y me lo quitó. La maldita cosa no era tan pesada: tenía el tamaño de un cojín de sofá grande, tal vez cuarenta libras, marco de metal con varias baterías de ciclo profundo en él. Pero mi pierna no podía con ella, estuviera adormecida o no.

—¿Dónde? —dijo Bobby.

—Fuera. La caja de interruptores junto a la entrada.

Salió corriendo. Miré a mi alrededor, cogí un cable de debajo de un banco y me apresuré a seguirle. La gente de Diep había cortado la electricidad en los interruptores principales de la planta baja. Y teníamos que cerrar la puerta de la cámara antes de que respondieran al disparo. La celda de poder era la única fuente que podía hacerlo.

Shocker se paseaba de un lado a otro frente a sus víctimas, con las venas hinchadas, gruñendo a su encantadora manera demoníaca, como si esperara que una de ellas se despertara para poder volver a dormirlas. Le hice un gesto con la cabeza y corrí sin fuerzas hacia la caja de los interruptores. Bobby, arrodillado junto a la puerta abierta de la cámara, ajustaba los diales de la lectura digital de la célula de energía. Yo me tambaleé a su lado y abrí el panel en el hormigón junto a la puerta, pasé un dedo por los disyuntores y me detuve en el que necesitábamos.

—Ya vienen —informó Blondie, mirando a través de la entrada, por la rampa. Los motores en marcha y los chirridos de los neumáticos de varios vehículos resonaban en los niveles superiores. Teníamos que cerrar la puerta rápidamente.

Saqué el disyuntor. Lo palmeé y miré el cable que tenía en la otra mano. Era un cable de extensión, sin los enchufes en los extremos, con cables blancos, verdes y negros envueltos en un aislamiento naranja. Por suerte, ya estaban pelados. Introduje el cable blanco en la ranura del disyuntor y forcé el disyuntor para que volviera a su sitio sobre él, teniendo que empujar lo suficientemente fuerte como para hacerme ver estrellas. Mareado, me dirigí a la celda de energía. Al igual que un generador, tenía varias tomas de corriente. Elegí la de los aparatos de 240 voltios, deslizando rápidamente el cable blanco en la ranura corta y el negro en la alta.

—¿Lo tienes? —preguntó Blondie desde el otro lado de la entrada, con la mano preparada frente al teclado. Los sonidos del escuadrón de la muerte de Diep, justo debajo de nosotros y acercándose rápidamente, hicieron que sus ojos bailaran con aprensión.

Le hice un gesto con la cabeza, me puse de pie como un borracho y me volví hacia la caja de los interruptores. Agarré el cable negro y lo toqué en la carcasa metálica del panel, conectando a tierra el circuito. El teclado se iluminó, y el motor de la puerta tenía energía. Blondie tecleó frenéticamente. Dejé escapar un suspiro cuando la puerta empezó a cerrarse.

Los tubos de escape de los Honda a altas revoluciones rugían por la rampa del quinto al sexto nivel. Un Accord amarillo fue el primero en verse, un tren de Toyota y Acura multicolores y personalizados pegados detrás de él. El conductor del Accord vio cómo se cerraba la puerta de la cámara acorazada y se puso en marcha. La puerta estaba casi cerrada cuando se estrelló contra ella. El estruendo de su coche hizo temblar el edificio. Blondie gritó cuando los proyectiles de plástico y cristal volaron por la abertura y laceraron sus brazos levantados, un trozo de parachoques amarillo le hizo un corte en el antebrazo.

La puerta aplastó el parachoques, la parrilla y el capó del coche como un compactador de basura antes de detenerse. El hueco era lo suficientemente grande como para que una persona se deslizara por él. No tenía previsto retenerlos con las pocas armas que habíamos cogido; nuestra munición se agotaría antes que la suya. Teníamos que salir de este tejado.

Me agarré a los hombros de Blondie, buscando en ella heridas debilitantes.

—¿Estás bien?

—Sí. Apretó su antebrazo sangrante, mirando la puerta aún abierta. Pasarán en un minuto. ¿Vamos a bajar por la cuerda?

—Es la única manera. Dame un arma. Me entregó una Beretta negra calibre 380. La besé y le di una sonrisa de ánimo. Llévalos a la calle. B.

—Muy bien. Date prisa.

Corrió hasta el borde del tejado que daba a los apartamentos y cogió una bolsa de basura negra. La abrió y sacó la cuerda de 30 metros que había dentro. Se aseguró de que uno de los extremos seguía bien atado a su anclaje y lo lanzó. Les dijo a todos que la siguieran y bajó primero, con el pelo rubio volando sin control.

Shocker me miró con preocupación. Le hice una seña para que bajara y metí la Beretta por la puerta, disparando un par de veces. No podía ver dónde estaban mis objetivos, pero inmediatamente devolvieron el fuego, las balas de las pistolas y de los rifles semiautomáticos chocaron contra el grueso acero contra el que apoyé mi espalda, y algunas atravesaron el hueco, dirigiéndose directamente a los condominios. «Por lo menos no vive nadie allí todavía», pensé, haciendo una mueca de dolor por las vibraciones estremecedoras que sonaban en la puerta.

En cuanto se calmaron sus disparos, me giré y volví a disparar por la abertura, esperando que el arma tuviera el cargador lleno. Miré a mi equipo. Blondie, Ace y Bobby habían bajado, y Shocker acababa de saltar por el borde. En cuanto se deslizara hacia abajo, correría a repelerla antes de que alguien viniera y viera cómo habíamos escapado.

Podía oír a Diep ladrando órdenes a Phong, que gritaba un vietnamita rápido y duro a sus soldados. De repente, una ráfaga de balas se estrelló contra la puerta, rebotando peligrosamente contra el coche y el hormigón. Intentaban darme con un rebote. Miré la cuerda, juzgando que Shocker ya había descendido casi todo el camino. El fuego concentrado se detuvo, los hombres recargaron, y yo volví a dispararles, los estallidos fueron minúsculos después del impresionante asalto. Cuando volvieron a abrir fuego, solté la Beretta vacía y corrí hacia la cuerda.

Los quince metros hasta mi salida eran demasiado para mi pierna. La maldita cosa decidió que ahora era el momento perfecto para negarse a trabajar. Tropecé con mis propios pies, el pecho y los codos recibieron el impacto, las pequeñas piedras rompieron mi piel.

—Joder, qué dolor —grité. El dolor me recorrió todo el cuerpo. La niebla negra volvió a aparecer y por un momento no pude controlarla. Lo aguanté y la visión se aclaró un poco. Recobré la conciencia, me di cuenta de lo que había pasado y me giré para mirar la entrada justo cuando varios gánsteres salían de la parte delantera arrugada del Accord, a través del hueco, con la MAK 90 en sus manos.

Me di la vuelta e hice todo lo posible por arrastrarme hasta la cuerda, ya que el ancla y el nudo estaban todavía a más de diez metros. No lo iba a conseguir.

—Vamos a por la Sociedad del Tigre —dije en falsete, imitándome a mí mismo—. Hagamos las cosas bien. —Suspiré un gruñido—. Apestas, Eddy.

Decidí que no iba a salir como un perro pisoteado y arrastrado. Me puse de pie y me enfrenté a los hombres que sabía que vaciarían sus cargadores de 30 balas en mi cuerpo. Cuatro habían pasado y tenían sus rifles de asalto dirigidos hacia mí, caminando con el odio arrugando sus rostros. Resoplé mi último y encantador chorro. Me relamí los labios de placer y les dije:

—Bésame el culo.

Les habría sacado el culo si no pensara que me iba a caer de bruces.

No dispararon inmediatamente, sabiendo que me tenían. Se dispersaron, se agacharon y escudriñaron el techo como si supieran lo que estaban haciendo, levantaron sus armas al hombro para descargarlas. Las sonrisas triunfantes se extendían por sus mejillas, los dedos se apretaban en los gatillos, las expresiones se tornaban bruscamente sorprendidas al ser derribados en rápida sucesión. Los silenciosos disparos de los francotiradores pasaron zumbando por detrás de mí. Cayeron como blancos de videojuego.

Solté una carcajada. Me giré. En el tejado de los condominios había una figura de negro, con un familiar rifle montado en un trípode delante de él. «Loc» murmuré. Luego me enfadé. Agité los dos puños hacia él, apuntando a mi pierna.

—¡¿Ahora me ayudas?! Llegas un poco tarde.

"¿Acaso se encogió de hombros?". Con el alivio de no estar muerto llegó la inspiración para profundizar y empujarme a un trote cojo hacia la cuerda. Oí a otros dos hombres gritar mientras atravesaban la brecha y recibían los disparos del misterioso francotirador de nuestro equipo. Me deslicé hacia abajo con demasiada rapidez, con mis débiles brazos incapaces de hacer que mis manos se agarraran al nylon, con las palmas ardiendo severamente. Logré bajar unos cuatro niveles antes de desmayarme y caer en la nada sin dolor.

Querido lector,

Esperamos que hayas disfrutado de la lectura de Un Último Deseo. Por favor, tómate un momento para dejar una reseña, aunque sea breve. Tu opinión es importante para nosotros.

Descubre más libros de Henry Roi en https://www.nextchapter.pub/authors/henry-roi

¿Quieres saber cuándo uno de nuestros libros es gratuito o tiene un descuento? Únete al boletín de noticias en http://eepurl.com/bqqB3H

Saludos cordiales,
Henry Roi y el equipo de Next Chapter

ABOUT THE AUTHOR

Henry Roi nació y se crió en la costa del Golfo de Misisipi, y todavía encuentra su inspiración en sus lugares y gente.

Como tutor de GED e instructor de fitness, trabajando tanto en persona como en línea, es un defensor de la educación de adultos en todas sus formas. Entre sus numerosos intereses personales y de campaña se encuentran el arte del tatuaje, la reforma penitenciaria y la mecánica del automóvil.

Actualmente trabaja en el sector editorial, como editor y publicista. Se centra especialmente en la promoción de escritores independientes con talento, organizando reseñas, realizando campañas en los medios de comunicación y organizando giras de blogs.

Si no tienes la suerte de verlo pescando alrededor del Faro de Biloxi o enseñando artes marciales en tu gimnasio local, normalmente se le puede encontrar en Twitter o Facebook, como Henry Roi PR.

Un Último Deseo
ISBN: 978-4-86747-081-7

Publicado por
Next Chapter
1-60-20 Minami-Otsuka
170-0005 Toshima-Ku, Tokyo
+818035793528

19 Mayo 2021